Cuentos por Encargo

BYRON ORTEGA

ÍNDICE

A mi Familia por dejarme ser, a Tuti por creer.

Gracias

PRÓLOGO

La fecha que tengo guardada, en la que todo empezó, es el 7 de octubre del 2018. Y es que días antes Byron me dijo que tenía varios cuentos escritos, hablamos sobre el oficio de escritor y lo reté... ¿Quieres jugar? Y así empezó todo, como un juego.

En el fondo yo lo desestimé, pensé que era alguien más que coqueteaba con la idea de ser escritor, de hecho, lo era, pero era un escritor prestado a la vida laboral de los mortales. Algo inesperado ocurrió, en el minuto en el que leí su pluma, el primer cuento que cumplió mi primer "encargo", en ese minuto entendí que esa pluma estaba tocada por ese "algo más" que tenemos los que nos dedicamos por completo a teclear, su pluma tiene magia.

Y lo mejor fue que el juego siguió, cada vez me pedía más retos y yo cada vez me maravillaba más. Nunca falló, nunca se rindió, nunca lo dejó. Y eso hizo que entendiera que Byron Ortega es un escritor que estaba en pausa, escondido detrás de sendos títulos de Economista en Colombia y Finanzas en los Estados Unidos. Un escritor que fue dejando crecer su melena, así como sus ideas, que fue entregándose a la verdad, ya no hay manera que regrese a quién fue, y cuando lo leas, verás por qué. Tiene ese toque urbano, contemporáneo, desprovisto de vicios y con un toque de humor colombiano sabroso.

Estas son historias de despedidas, de amores, de

corazones rotos y ciclos. Hay juegos que salieron mal, extrañas formas de perder la virginidad, espacio sideral mezclado con bugalú, alcantarillas con niños escondidos, niños hundidos, niños perdidos, un canino que fue niño, el mismo Byron niño, y no es la historia de un niño, es la de un adulto que decide pegar el salto a su verdad y decirle al mundo: ¡Hola!, tengo historias que contar. ¿Las quieres leer?

Espero que te dé el mismo gusto que me dio a mí, espero no sólo presentarte a este escritor que tiene los ojos puestos en las nubes y los pies en la tierra, espero no solo meterte en su mundo, sino que te quedes en él.

Sus cuentos por encargo cerraron el juego. Y ganó.

**Yutzil Martínez Sifontes.
6 de septiembre 2021**

CADÁVER EXQUISITO

El encargo:
Imagínate que escribes con una mujer
a cuatro manos.

Abro los ojos y aún es temprano, el frío de la madrugada todavía se siente, pero empieza a ser reemplazado por la tibieza de la mañana colándose por las ranuras de la persiana. No sé cómo volví anoche a casa, cierro los ojos para intentar recordar, pero la única imagen que llega a mi mente es la de ella empujándome a la piscina, el ruido del agua llenando mis oídos y las burbujas rodeando mi cabeza. Me volteo lleno de remordimiento para tratar de dormir un poco más y ahí está ella.

Mi cabello está mojado y el colchón también, ella no, se ve intacta como si flotara en una nube, no despierta, nada la perturba. Su dulce sueño siempre

1

igual, me gusta verla dormir. La forma como abre un poco su boca, sus largas pestañas, un día conté cuántas pecas tenía en la frente, en las mejillas. Me conozco cada esquina de su cuerpo. ¿Cuántas horas llevo aquí? Apenas me protege la sábana, me da frío... la estiro para cubrirme y mis manos están llenas de sangre.

Aunque siento las manos pegajosas, la sangre ya está casi seca, miro la sabana y con mucho cuidado la inspecciono y no encuentro otras manchas, solo donde la acabo de tocar. Me levanto con mucho cuidado y camino hacia el baño para poder ver mejor dónde fue que me herí. Enciendo la luz y me miro las manos y el remordimiento se multiplica. Abro el grifo y mientras pongo las manos debajo del agua, subo la cabeza, miro el espejo, y mi cara está perfectamente maquillada de payaso.

No es sangre, es el estúpido maquillaje, mi roja nariz se ha chorreado en mis manos, se ve que pasé mala noche, no así ella, quien sigue rendida. Pongo algo de música para ducharme y sacarme toda la máscara de la cara. Odio cuando las canciones me recuerdan lo que fuimos... "we can work it out", la versión de Stevie Wonder es mejor que la de los Beatles. La versión de lo que somos ahora no es mejor de lo que fuimos ayer. La llamo, quiero que se duche conmigo, no responde.

Es extraño, pero no siento resaca, estoy como nuevo. La música sigue sonando y por unos minutos me hipnotiza el agua impregnada de pintura arremolinándose antes de caer en el desagüe, mientras disfruto el agua caliente en mi cuello, tengo mi cabeza baja y mis manos contra la pared. Me siento enérgico, cierro el grifo, camino mientras me seco con la toalla y brinco encima de la cama para despertarla, y sigue inmutable, volteo a mirar a su lado de la cama y las pastillas de Xanax cubren el piso.

¿Cuántos minutos han pasado? ¿Horas? No puedo correr a pedir ayuda, estoy desnudo... Halo la sábana, ella también lo está, no responde. Sacudo sus hombros, la llamo por su nombre, mi voz se empieza a hacer lejana, como si yo no estuviera allí, como si no fuera ella, no responde. Busco mi teléfono, está en la mesa, frente al espejo, marco, la señorita me responde—Emergencia ¿Cómo lo puedo ayudar?— apenas voy a hablar, a gritar, a pedir ayuda, mi garganta se cierra del terror, la veo ahí, detrás de mí, la veo reflejada en el espejo —Tú me mataste payaso, no soportaba tu risa.

Tengo que restringir mi respiración para que no se dé cuenta, espero que cierre la llamada con la operadora, no quiero que nos metamos en problemas por esta tontería. Tengo que acomodarme la sabana, todos me deben estar viendo desnuda, yo sabía que no era buena idea desnudarme. Es extraño que no le responda a la operadora, siempre pensé que no me dejaría morir, estoy a punto de sonreír, pero él tira el teléfono muy cerca de mi cabeza y oigo sus pasos alejándose por el pasillo, no sabe lo que le espera.

Camino desnudo hacia el garaje, de la secadora saco ropa interior limpia y un short y me los pongo, no entiendo nada. Si mi familia se entera de que estaba con ella, perderé todo por lo que he trabajado. Yo mismo firmé esa receta del Xanax, estoy jodido. Este plástico es suficiente para envolverla, tomo el machete del closet del jardinero y camino de vuelta. Su cuello está en posición perfecta, no puedo fallar esta vez, y mi brazo sube y baja tres veces y ya está, solo faltan las piernas y los brazos.

Lo que empieza mal, termina mal. Esta mañana no estaba muerta, jugaba a estarlo. Ahora lo estoy. Nunca debí escuchar a mi prima, me convenció de que él no me quería, que sólo jugaba conmigo, que tenía que llevarlo al límite, "esa", dijo, era la única forma de descubrir qué tanto estaba él dispuesto a hacer por mí. También me dijo que era como si estuviera en un precipicio a punto de caer... si él no me sujetaba, no me amaba. Acababa de terminar de hacer un ensayo sobre "Romeo y Julieta" para mi club de lectura. El juego macabro inició cuando eché las tres gotas en su tequila y lo lancé a la piscina.

Todas esas horas de Netflix sirvieron para algo, mi profunda adicción a las series de asesinos me enseñó trucos, lo que debía y no debía hacer. Pero nadie jamás contó lo que iba a sentir. Ella me dijo una vez que le había roto el corazón en mil pedazos, no era nada comparado con el ruido de sus huesos quebrándose. Era dura, y tenía lógica porque siempre la vi como una mujer fuerte. Hubiese sido más fácil decirle que sí, que la quería, que pensaba en ella todos los días. Nunca se lo dije, nunca me imaginé que fuera tan rosa por dentro, tan tersa.

Ninguna fecha es buena para que esto pase, pero es ridículo que sea justo hoy, el día de mi cumpleaños. ¿Qué voy a decir cuando me pregunten por ti? ¿Cuánta gente nos vio juntos anoche? ¿Salimos juntos del lugar? Eso lo resolveré más tarde, si lo hubiera pensado mejor no la hubiera desmembrado, hubiera hecho lo que hicieron con Bernie todo un fin de semana, mantenerte "viva", al menos una sonrisa en este caos.

Las gotas en el tequila hicieron efecto y lo empujé. Tenía que caer al otro lado, hacia las sillas, pero no, al final él siempre hizo lo que le dio la gana. Complicó todo, cayó al agua. Mi prima, que estaba cerca, me ayudó a sacarlo, a maquillarlo, a acostarlo en la cama. Eso sí, lo desnudé yo. Lo había convencido de firmar esa receta para calmar mi ansiedad, nada me estaba funcionando y sus silencios eternos, su risa de payaso, su mirada hueca lo hacían todo peor. No sé qué quería de mí... pero ahora estoy muerta y recordé que olvidé borrar mis mensajes del celular. Él está ahí, con las manos llenas de mis pedazos, y su cara llena de vida. Está ahí, apenas lo ilumina la luz de la pantalla. Ya no hay silencios ni risas, su mirada lanza llamas. Está viendo todo, todo... Happy Birthday to you, babe.

El aparato vuela por la habitación hasta la pared, la tapa trasera sale despedida, pero la pantalla queda intacta iluminando el último mensaje a su prima "A las 7am en punto tocan el timbre y entran todos con los mariachis cantando el feliz cumpleaños". El timbre suena dos veces, esa es la clave. Mis huellas de sangre me persiguen mientras voy camino a la puerta a enfrentar mi destino, desde adentro se oyen los murmullos de invitados, que impertinentes, van a dañar mi sorpresa, la sala está completamente adornada para la ocasión, el letrero, los globos, hasta la torta que a mí me gusta.

Mis pedazos descansan en el plástico. Me escondió de todos. Es lo que siempre hacía, mi prima tenía razón. Lo hizo hasta el final. Algunas personas sabían que andaba con él, pero para la mayoría yo estaba sola, él estaba solo. Algunos ni siquiera sabían que nos conocíamos a pesar de que yo era su enfermera. Y hoy iba a darle la sorpresa, iba saltar de la cama a la cara de sus amigos. Los llamé a todos, los cité a la fiesta, contraté mariachis para hacer mi aparición triunfal, pero ahora no podía armarme, tenía que seguir oculta, como siempre. Terminé siendo las piezas de su maldito rompecabezas.

EL ELEVADOR

El encargo:
Dos personajes, un mismo espacio.

Lunes 8:55AM

"Corre, corre, corre" se repite Uriel mentalmente mientras avanza por el lobby para alcanzar el elevador. Cinco años yendo a trabajar a ese edificio y no deja de sorprenderle el mármol y el vidrio que adornan el lobby, siempre sus zapatos de vestir se resbalan al entrar en contacto con la superficie lisa, especialmente ese día que lleva la tula tan pesada y anda de prisa.

—Sostenga la puerta del elevador por favor – dice Uriel mientras corre para tomarlo.

La mujer que está dentro no se inmuta para detener la puerta y Uriel alcanza a meter su mano antes de que se cierre.

—Buenos días —dice Uriel entrando al elevador

mientras se tropieza dejando caer la tula— perdón, estoy justo a tiempo para llegar a la oficina.

La tula mueve el elevador al golpear el mármol haciendo un ruido seco, Uriel la deja donde chocó el piso al fondo del elevador.

Y ahí está Eva, inmutable aún, tiene puestos sus lentes oscuros grandes, que le cubren la mitad de la cara, pero no pueden cubrir las lágrimas que se escapan por debajo de ellos. "perfecto, me tocó un conversador hoy..." se dice a sí misma. Eva como siempre hermosa, rubia, vestida como de costumbre; un vestido de flores azules con fondo blanco, unas sandalias como de espartano hasta el tobillo y ni una gota de maquillaje, a sus 29 años no lo necesita.

Y ahí está Uriel, con su traje negro, su camisa blanca, su corbata negra y sus zapatos brillantes. Un tipo del montón al frente de este ángel triste.

Las puertas del elevador se cierran detrás de Uriel y él voltea para buscar el panel de números y el botón de su piso ya está iluminado, treinta como su edad y el último piso de ese edificio. Apenas las puertas se cierran totalmente, el elevador se mueve por unos segundos y se detiene haciendo un sonido metálico.

Y es ahí, al detenerse el elevador, cuando Eva le dedica una primera mira a Uriel y se encuentra a este hombre pálido, delgado, bien vestido pero desgastado, su voz no armoniza con su aspecto demacrado.

—¿Qué hora es? —pregunta Uriel sin mirar a Eva aún.

—Son las ocho y cincuenta y seis —responde Eva.

El aire se llena de la voz dulce de Eva, y esas siete palabras llegan a los oídos de Uriel, no puede resistir y por fin la mira, y el tiempo deja de ser importante

8

porque en ese segundo se expandió para él.

—No tenga miedo —dice Uriel con una voz tranquila, tratando de calmar las lágrimas de Eva —los elevadores se atoran y se desatoran todos los días sin consecuencias.

Eva se limpia instintivamente las lágrimas por debajo de los lentes oscuros y el pecho se le calienta de rabia, está cansada de ser tratada como una mujer indefensa.

—No tengo miedo —dice firmemente Eva — necesitaba estar en su oficina a las nueve en punto, para encontrarlo sentado al frente de su escritorio balanceando su silla de cuero esperando que su café se enfríe mientras fuma ese fastidioso cigarro.

Toma una pausa para respirar mientras mira con ojos de fuego a Uriel que no sabe qué decir mientras ese ángel expande sus alas para mostrar todo su poder.

—Pero a él no le importa que ese humo le haga daño a los demás porque es un cerdo egocéntrico poco hombre —sigue diciendo Eva con rabia— y ahora no voy a poder verlo a la cara, abrir la ventana y saltar…

Instintivamente, sin dejar que las palabras de Eva se enfríen en el aire, Uriel hace lo que mejor sabe hacer, calcula.

—Este edificio tiene treinta pisos, más o menos mide cien metros de altura, a una aceleración de 9.81 metros por segundos al cuadrado su cuerpo estaría tocando el suelo en 4.51 segundos —dice Uriel sin ningún esfuerzo— a una velocidad de 44.53 metros por segundo lo que equivale a unos 160 kilómetros por hora, creo que el cerdo egocéntrico ni se enterará qué ha pasado, ni tendrá tiempo de sentir nada, en cambio, el tiempo de agonía de un cuerpo después de ser lanzado desde cien metros de altura no puede ser calculado, podría ser un segundo, o podrían ser años…

La lógica de Uriel le roba una sonrisa a Eva, la hace sentir especial, por fin a alguien le importa su vida, y cae en menos de 4 segundos, pero de otra forma.

—Es muy temprano para un trago, pero podríamos ir por un café —dice Uriel sin pensar— conozco un lugar aquí cerca, no es la gran cosa, pero podemos hablar.

Las puertas hacen un ruido seco, y después se abren y se ve de nuevo ese lujoso lobby, pero la luz es ahora diferente para los dos.

—¿No tenía que llegar al piso treinta? —pregunta Eva deseando tomar ese café.

—No, ya no, ya se hizo tarde, son las nueve —responde Uriel sosteniendo la puerta del elevador para que Eva salga.

—No se olvide de su tula —dice Eva mientras sale del elevador disimulando su sonrisa.

—Está bien, ya no la voy a necesitar —responde caminando al lado de ella sin disimular su alegría.

Mientras la tula se queda abandonada en el fondo del elevador y, entreabierta, deja ver su macabro contenido.

LA VIRGEN

El encargo:
Cómo un hombre pierde la virginidad.

Amane recorre las calles de Tokio de vuelta a casa, a sus veintinueve años recuerda que cuando era una niña ver a un extranjero era una experiencia, ella se quedaba mirándolos fijamente vigilando sus movimientos como si el extranjero fuera un depredador que estuviera a punto de embestir contra su presa, cuando el extranjero la miraba de vuelta brincaba de susto y era corregida por sus padres porque para su cultura mirar fijamente a los ojos era un símbolo de agresividad.

Amane era hija del año dos mil, aquel año donde supuestamente todos los ordenadores dejarían de funcionar y el caos se tomaría las calles, pero no fue así, tuvieron que pasar muchos más años para que las

11

cosas cambiaran radicalmente en Japón, no fueron exactamente las máquinas las que hicieron que su país fuera diferente, fueron los mismos japoneses los que lo provocaron.

La lluvia primaveral empieza a caer, pero a ella no le importa, el sonido de las gotas golpeando el piso y los techos la relaja, pero tiene cuidado con el paquete que lleva y lo cubre bajo su gabardina, es uno de sus dos regalos de cumpleaños, le falta comprar el segundo.

Llega a su casa y se asegura de que su compra ha llegado intacta, de su gabardina saca una caja envuelta por un lazo que sostiene la tapa, pone la caja sobre la mesa y desanuda el lazo, quita la tapa y ahí están esas imágenes eróticas que ella colecciona desde hace diez años. Empezó a coleccionar imágenes Shunga porque le atraía que los hombres lucían como hombres, no como los hermafroditas de su generación, además las imágenes transmitían fuerza y lograban unas poses imposibles para ella, al menos en su cabeza. Cada vez se hacía más difícil encontrar estas imágenes en el mercado, esta vez tuvo suerte de encontrar el anuncio en el periódico donde una mujer de sesenta y nueve años tenía cinco a la venta. Fūka citó a Amane en un café para recibir el pago y entregar las imágenes, imágenes intactas a pesar de tener más de cuatrocientos años. Fūka le explicó que las había heredado y que nunca las había querido vender, pero esta vez tenía una urgencia, una necesidad que solo la venta de esas imágenes le podría satisfacer. Después de recibir el pago, Fūka se fue cómo el viento, pero dejando un aroma dulce.

Amane era diferente a los otros jóvenes de su edad, ella era análoga, prefería los periódicos de papel a las noticias electrónicas que llegaban tan rápido como se iban, para ella el periódico viajaba despacio y permanecía más tiempo, y allí mismo iba a buscar su segundo regalo.

Diez años atrás los economistas anunciaron que la población japonesa se estaba haciendo vieja y el promedio de edad estaba subiendo peligrosamente. En pocas palabras dijeron que no estaban naciendo niños en el país y esto causaría que en el futuro no habría gente que pudiera trabajar y los viejos morirían en la pobreza. ¿Por qué se llegó a ese punto? Las generaciones nuevas no se querían casar, no querían tener hijos y, lo que era peor, no querían tener sexo ni por diversión. ¿Cuál fue la solución? Fácil, atraer gente de sangre caliente, el Gobierno instauró estímulos para migrantes de diferentes nacionalidades, pagos por hijos nacidos y criados en el país, y trabajo para todos con buena remuneración. Todo esto causó que el país se llenara de extranjeros y se reprodujeran de forma exponencial, mientras la población japonesa se reducía.

Anaconda y Angelito, así eran conocidos en las calles, se encuentran en la entrada del strip club. Anaconda es un negro dominicano de cuarenta años experimentado con las mujeres, le gusta lo que hace, dar placer, todas las noches tiene clientes, él no discrimina, le da servicio al que lo necesite, igual ya le quedan pocos años de carrera. Llegó a Japón por la escasez de hombres en la industria del porno, con su gran dotación creyó que iba a ser una gran estrella, pero las actrices no fueron receptivas a ese tamaño exagerado.

Anaconda citó a Angelito en aquel lugar para mostrarle cómo iba a ser su trabajo, dónde estaban sus uniformes y presentarle a los otros. Además, había una dimensión de su trabajo que le faltaba explicar, los trabajos por debajo de la mesa que eran bien remunerados, los servicios ofrecidos a hombres y mujeres en necesidad.

Angelito tiene veintitrés años, es alto, su cuerpo está bien formado, su piel trigueña contrasta con las de los locales, sus ojos son negros y un poco rasgados, viene de la Amazonía brasileña, en ese punto donde no son de ningún país y todos son hijos de la selva amazónica. Llevaba muy poco en Japón, fue atraído por las historias de prosperidad, ya en su tierra lo único que querían era robarse el petróleo que tanto tiempo habían escondido sus antepasados. Las empresas, al terminar de desocupar los pozos, se iban dejando solo pobreza y destrucción.

"Tigre" le dice Anaconda, "Hoy me saqué la lotería". Angelito no entiende nada mientras Anaconda le muestra un papel con sus dos nombres, ese papel es la asignación esa noche. "Vea lo que me acaban de entregar mi negro" le pone el papel en la mano. "Hoy yo estreno, me van a entregar el tesorito y me van a pagar, hoy le pongo carne a ese tamal". "Vea mi tigre amazónico usted hoy también tiene trabajo, le va a dar al sesenta y nueve" le dice Anaconda lanzando una carcajada quitándole el papel de la mano. "Esas mujeres mayores buscan vírgenes como usted, ellas también quieren estrenar".

Anaconda corta la hoja en dos y le entrega la parte de abajo a Angelito, todo está en japonés menos los números. "Aquí, mi hermano, es donde usted tiene que ir hoy, no se me ponga nervioso ni nada de eso, esa mujer va a hacerle de todo, usted solo haga caso, dele matraca que eso es lo que piden las jevas de esa edad". Angelito mira el papel confundido y pregunta "¿Dónde tengo que ir?". Anaconda no deja de reírse "Vea mi Angelito de la guarda, usted entréguele este papel al conductor del taxi y ya está, ese tigre lo lleva".

Amane tiene el periódico abierto en la sección de clasificados para adultos, acaba de concertar la entrega de su segundo regalo. Lo quiere antes de las doce de la noche, antes de que empiece su cumpleaños número treinta. Sueña con recrear fielmente la colección completa de imágenes Shunga, está nerviosa porque ha leído que duele la primera vez, no conoce a nadie de su edad que lo haya hecho y con quien pueda hablar del tema.

Después de haber seguido al pie de la letra los pasos que Anaconda le había dado, Angelito ya está parado al frente de esa casa angosta mientras el taxi se aleja. Toca la puerta y espera, quiere salir corriendo, pero es lo que le toca hacer para poder comer, se imagina a esta mujer de sesenta y nueve años esperándolo dispuesta a todo. Vuelve a tocar la puerta y esta se abre, entra y apenas unas velas iluminan la habitación. De golpe la luz se enciende y ahí está ella totalmente desnuda, cubriéndose sus partes con vergüenza, su piel es perfecta, es la primera vez que Amane es vista totalmente desnuda por un hombre. Al verse de frente los dos respiran con alivio, sonríen y él se acerca para cubrirle la piel con la bata que está a los pies de Amane, afuera la lluvia empieza a caer y el ruido de las gotas golpeando la tierra disimulan los sonidos de la primavera que empiezan a salir de esa casa estrecha.

Al otro lado de la ciudad Fūka recibe más de lo que

pagó, tanto de largo como de ancho, sus años de abstinencia en compañía de sus imágenes Shunga son bien recompensados por Anaconda que, al llegar a cumplir su cita con la virgen, se dio cuenta que había cortado la hoja en la dirección incorrecta. Cada uno obtuvo esa noche exactamente lo que necesitaba.

LA CARTA

El encargo:
Una carta a alguien que quieras.

2 de junio de 2018

Cuando estamos juntos duermes tan tranquila y apacible que me hace feliz verte dormir, se me olvida todo lo que hemos pasado y las heridas que le causamos a ella cuando tú te volviste el centro de mi vida. Como un juguete que se le da a un niño ella te trajo a mi vida, como un simple juego de parejas y ahora ella no está y solo quedamos tú y yo…

Pedro para de escribir llevándose las manos a la cabeza tratando de organizar sus ideas, siempre ha sido más fácil para él dirigir películas que organizar su vida.

17

— ¡Pedro! Por fin te encuentro, ya estamos listos para empezar —dice Andrea apurada— todos te esperan, apúrate que hay casa llena hoy, y ya sabes de quién hablo.

—Sí, gracias, estaba terminando algo importante —responde Pedro sobresaltado arrugando la hoja donde estaba escribiendo— vamos juntos y mientras tanto me vas contando los últimos detalles.

—Pedro, no te puedo seguir cubriendo los retrasos, hoy es un día muy importante, espero que entiendas que te tienes que quedar hasta que acabemos —le dice Andrea muy seria— yo acá te debo todo, desde que empecé como pasante has estado ahí para enseñarme, pero los ejecutivos se están dando cuenta de los atrasos en la producción.

Andrea ahora era solo su asistente, pero seguía siendo la persona más importante para él, con la única que había considerado pasar toda su vida.

—Por los ejecutivos no te preocupes, ellos no saben nada —responde Pedro tratando de quitarle importancia a algo que era evidentemente un problema— en cuanto a hoy... me temo informarte que me escaparé apenas pueda.

—¿Qué me estás diciendo? Dime que no es cierto, ya llevamos seis meses en lo mismo —responde Andrea con desespero caminando hacia el pasillo— vamos ya, nos esperan.

Seis meses llevaba en su vida, desde el primer día se le volvió una obsesión. Estar separados dolía, el Pedro independiente y desprendido dejó de existir al igual que el Pedro que no dejaba de trabajar.

18

—Vamos, eso lo acabamos rápido —dice Pedro queriendo rematar el tema antes de que se complique, él sabe que a Andrea aún le duele.

—¿No hemos empezado y ya piensas en acabar? —dice Andrea apretando el paso— estamos en el medio de la producción que va a salvar este canal y tú estás pensando en volver junto a... ¿sabes qué? Solo apurémonos, ya deben estar los actores listos.

Para Andrea era doloroso ver como él había sido absorbido, como a ese hombre indomable le habían cortado las alas en tan poco tiempo, al menos le hubiera gustado ser ella la que hubiese causado ese cambio, aunque ella en el fondo lo causó juntándolos sin sospechar que esto pasaría.

22 de julio de 2018

Cada vez que pienso que estoy tocando fondo, saco fuerzas para escribir esta carta, ayer cuando llegué a casa y la encontré toda destruida me sentí confundido. Destrozar las cortinas, acabar con el sofá, y esparcir la basura por todo el apartamento fue demasiado. Sé que me demoré más de lo esperado, no sé si entiendes que ya es imposible irme cuando me da la gana como lo hacía antes, pero ese no es el tema ahora, llevamos casi ocho meses juntos y cada día estoy más absorbido por esto. Mi casa es un desastre, la persona que nos ayudaba ya no quiere venir por tus maltratos, no dejas que nadie se me acerque en la calle por tus celos enfermizos y los vecinos se han quejado del ruido que haces cuando no estoy. A veces siento que estoy muy viejo para ti y toda tu energía, al menos si no fueras tan joven a lo mejor

19

podría...

El teléfono suena y lo saca de sus pensamientos, Pedro aprovecha los momentos de paz cuando ella duerme para escribir y hacer las cosas que no puede cuando ella está llena de energía.

—Hola Andrea —dice Pedro contestando el teléfono preocupado— ¿todo está bien?

Ya eran las once de la noche, y Andrea ya no lo llamaba tan tarde como solía hacerlo cuando estaban juntos.

—Hola, sí, todo está bien —responde Andrea con la voz de alguien que no ha dormido por días— llamo para dos cosas.

La línea se queda en silencio por unos segundos, pero se puede sentir que ella está al otro lado de la línea mientras Pedro espera pacientemente lo que ella le tiene que decir, ya está cansado de enfrentamientos.

—La primera es que... este es el último proyecto que trabajamos juntos —Andrea respira como si hubiera dejado caer una carga muy pesada de su espalda— llevo haciendo el trabajo de dos por mucho tiempo y siento que voy a explotar— las palabras son pronunciadas lentamente, sin sobresaltos, pero el mensaje que trae su tono es cristalino, no hay marcha atrás.

La línea se queda en silencio de nuevo, pero ahora es ella quien espera una respuesta mientras Pedro se trae la mano a la cara, se masajea los ojos y respira profundamente, pero aún no hay respuesta, Andrea ya no tenía respuestas de Pedro desde hacía mucho tiempo, y eso la mataba poco a poco.

—Y la segunda es que el jueves te tienes que ir a

Madrid con el equipo de producción —dice Andrea en tono más profesional— tienen que ir a ultimar detalles antes de ir a grabar en un mes.

—¿Cómo? Eso es en dos días —Pedro le responde como le había respondido por los últimos ocho meses —ve tú con el equipo, yo confió completamente en ti para esto, además tú siempre has querido ir a Madrid...

Y ahora sí la línea queda totalmente en silencio.

6 de agosto de 2018

Mi tiempo en Madrid fue una pesadilla pensando en todo lo que pasaba contigo. Ahora sé que puedo estar lejos de ti, pero tú no puedes estar lejos de mí; cada día una llamada, cada día una queja diferente y yo tratando de balancear mis responsabilidades con el proyecto y con tu ansiedad. Andrea ya no está ahí para nosotros y parece que tú no te has enterado y sigues siendo una carga para mí y para los que te rodean, mis amigos trataron de atenderte, pero fuiste imposible. Sé que esta carta no la entenderás, ni siquiera te llegará, como las anteriores o como las que escriba, pero ya es mi forma de desahogarme. Sé que me amas, de eso no tengo duda, y que te alegraría que fuéramos tres de nuevo como cuando Andrea decidió traerte a nuestras vidas para complacerme, pero ella ya se fue...

Al volver a la oficina después de Madrid Andrea ya no estaba, se fue antes de concluir el proyecto a pesar de que Madrid había sido un éxito, a Andrea le daba rabia que Pedro a media máquina era más productivo que cualquiera del equipo.

La vida sin Andrea alrededor no era la misma, ella

lo contenía, lo administraba, lo salvaba de sí mismo. Antes de que ella llegara a su vida él era un director como cualquiera, con ella al lado su talento se disparó, la seguridad que Andrea le dio le permitió acceder a un nuevo estado mental que nunca había experimentado, pero nunca tuvo tiempo de decírselo, o nunca quiso admitir que él no era nadie sin ella.

3 de noviembre de 2018

Anoche fue una de las peores noches que he pasado desde que estoy contigo, no dejabas de buscarme y de revolcar la cama para obtener lo que tu querías, pero ya aprendí que te puedo decir que no, ya estoy recuperando mi voluntad después de casi un año juntos. Después de que te saqué del cuarto te oí llorar toda la noche al lado de la puerta hasta que te rendiste y te fuiste al sofá, pero fui fuerte y te dejé llorar. Aprendí tus tácticas de manipulación y tus rabietas despreciables. Ahora tengo que recuperar todo lo que perdí por mi falta de control. No te vas a ir de mi vida, ya después de tanto esfuerzo eres una parte importante de ella, pero no la principal, la principal es Andrea y tengo que recuperarla. De hoy en adelante yo mando y tú estás ahí para hacerme feliz, obediente y sumisa. Te vamos a poner hermosa y vamos a ir juntos a recuperar lo perdido. Sé que también te amo a ti, y sé que ella, muy en el fondo, te ama también.

Te amo,

Pedro

Y es en ese momento cuando Pedro entiende que a

quien le debe una carta es a Andrea, que la única importante siempre ha sido ella y cuánto la ha lastimado y alejado, que le debe todo su agradecimiento y más. Sin perder tiempo toma una hoja en blanco y esa pluma nueva que Andrea le había regalado y se pone a escribir.

3 de noviembre de 2018

Andrea, mi amor, mi único amor. Aquí estoy para decirte que estaba equivocado, que sé que no es tarde para recuperar lo que teníamos y hacerlo juntos, los tres. Creo que Laika está de acuerdo conmigo que sin ti la vida no es lo mismo, aunque hemos tenido tiempos tumultuosos, sé que nunca nos dejamos de amar, y sé que nos soltaste porque te alejamos y ahora estoy aquí sin más agenda que hacer que lo nuestro funcione. Tu casa, nuestra casa, está exactamente igual que el día que te fuiste, con la diferencia que tu espacio en nuestra cama es tuyo de nuevo y que con mi vida puedes hacer lo que tú quieras.

Te debo todo, yo no sería nadie sin ti, me diste la seguridad, la inspiración y algo por quien luchar.

Por favor perdóname y pasemos el resto de nuestras vidas juntos.

Te Amo,

Pedro

La puerta aún no se abre, pero ellos están ahí listos para afrontar lo que se venga. Laika perfectamente cepillada y perfumada, y Pedro ataviado con el único vestido que tiene en el armario, sin corbata, con una camisa blanca sin una arruga, un ramo de flores y la carta. Y ya está, la puerta se empieza a abrir y la impaciencia de Laika se nota mientras Pedro trata de contenerla para causar una buena primera impresión.

—Hola Pedro —dice Andrea terminando de abrir la puerta—. ¡Laika, sit! —dice Pedro apenas ve a Andrea y la joven perra criolla de pelaje dorado se sienta sin vacilar— venimos a buscarte.

P.D: Cuando te vi llegar con Laika entre tus brazos supe que lo nuestro era para siempre.

EL CRISTO AMARILLO

El encargo:
Usar un cuadro que te cuente una historia

Igual que hace 1853 años atrás, su madre va subiendo la montaña para verlo morir por los pecados de los demás. El sol ha secado el trigo de los campos y el amarillo que refleja lastima los ojos, pero al tiempo no es compatible con la tristeza profunda que la madre siente mientras sube la montaña y el extremo más alto de la cruz se va haciendo visible.

A diferencia de hace 1853 años, nadie acompañó al condenado hasta el lugar de su crucifixión, su madre va apenas acompañada por dos mujeres desconocidas para ella, pero muy cercanas a su hijo. La mujer que va a su derecha es joven, tiene dieciocho años, vestida modestamente pero muy bien puesta y con maneras impecables. La segunda, la de su izquierda, es un poco mayor que su hijo, una mujer hermosa, muy elegante y con un carácter firme muy diferente al resto de las mujeres. Ellas tres caminan a la velocidad que la madre puede caminar, un paso continuo, pero lento como si no quisieran llegar a la montaña donde las espera el cuerpo vacío del hombre que les cambió la vida de diferentes formas.

Cada paso que dan es un recuerdo que se les viene a la mente; como cuando la madre vio por primera vez a su hijo y en medio de la situación desesperada el niño iluminó aquella casa, casa que fue abandonada por los nobles que huyeron después de la revolución, trayendo paz a la joven pareja de campesinos sin hogar.

La joven recuerda el día en que ella le dijo que lo amaba, ella tenía quince años y él le doblaba la edad. Él sonrió y le pidió que caminaran juntos, caminaron por varios minutos hasta que llegaron al río, era primavera y, a pesar de que el sol brillaba, el viento helado de las montañas estaba aún presente. Se detuvieron al frente de este río, río que rápidamente se estaba llenando de vida primaveral, y él la miró a los ojos con la bondad de un padre y sin tener que decir ni una palabra ella entendió que él tenía una misión más grande en la vida que amar a una sola persona. Desde ese día ella lo acompañó para que él pudiera cumplir su misión así sonara como un demente.

La tercera mujer camina también en silencio, ensimismada, pero no demuestra el dolor como las otras dos mujeres. Ella fue para él el medio por el cual su mensaje se propagaba. Ella tenía que ocultar sus orígenes porque la nobleza no era tan apreciada como antes. Se conocieron diez años atrás. Mientras él hipnotizaba con sus palabras a un grupo de jóvenes en el mercado, ella se sentó detrás de una columna para oír sus palabras que sonaban como aquellos viejos libros de filosofía que ella solía robar de la biblioteca de su padre para leerlos a escondidas porque estos estaban prohibidos para las mujeres. Cuando él terminó de hablar con el grupo de jóvenes se acercó a la columna y sin siquiera verla le dijo que los tiempos habían cambiado, que cuando se sintiera lista él iba a estar ahí para que ella los acompañara. Desde ese día ella lo siguió desde la sombra, y con su fortuna escondida le dio los recursos suficientes para que este joven cumpliera su misión.

Las tres sentadas alrededor de la cruz no se atreven a subir la mirada; la madre sentada a los pies de su hijo con las dos mujeres a su izquierda, la mujer más joven en la parte más lejana detrás de la cruz con una expresión ausente, casi como la del moribundo inconsciente colgado de manos y pies.

El hombre, ya fuera de sí al borde de la muerte, se confunde con el color dorado del trigo seco de los campos alrededor, la pérdida de sangre y el intenso sol lo pintan de un amarillo profundo secando su sangre y oxidándola. Las heridas, que deberían estar vivas en su costado, pies, manos y su frente, son casi imperceptibles porque el calor las ha secado. El cuerpo está desgastado por las últimas semanas de tortura, pero su delgadez deja ver los músculos bien formados de un hombre de trabajo.

Dos mujeres y un hombre se alejan de la cima de la montaña, tres personas que ni siquiera lo conocieron fueron las encargadas de dejarlo ahí, puede que vuelvan para descolgarlo al día siguiente, o dos días después o algún día. Las multitudes que lo acompañaron a su muerte siglos atrás ya no existen, los hombres ya no creen en nada a pesar de que siguen pidiendo su regreso.

Después de varias horas en silencio el dorado empieza a ser reemplazado por el rojo intenso del atardecer, como si el rojo que se pinta en el cielo fueran las últimas gotas de sangre viva en el cuerpo del hombre colgado en la cruz.

Por fin la madre se levanta despacio, sus músculos están entumecidos por la quietud que guardó sin darse cuenta. La joven se levanta rápidamente y la ayuda por el brazo, este es el primer contacto, la primera comunicación, la primera caricia que tienen. La madre, que ya sabe que su hijo está donde pertenece, respira con alivio como saboreando el aire y, con una sonrisa tibia, agradece el gesto de la joven que no sabe si devolver la sonrisa o dejar ir el brazo y trata lo segundo, pero la madre le agarra la mano con suavidad y por fin le dice que caminen las tres juntas de vuelta al pueblo.

La madre no espera que las mujeres hablen y les empieza a contar cómo el hombre de la cruz fue un milagro. Ni su esposo ni ella entendieron de qué forma ese niño llegó a ser adulto, nació sano y perfecto como si lo hubieran esculpido, pero todo el embarazo fue una pesadilla. Ella sentía que un gran enemigo estaba tratando de evitar que él naciera y cuando lo hizo no fue más fácil.

Las dos mujeres se miran sorprendidas como si la madre les leyera el pensamiento, sus experiencias con él habían sido muy parecidas, pero igual de satisfactorias.

La mujer de la izquierda, la mayor de las dos, cuenta

28

cuando él entró al mercado y, como todo un revolucionario, reunió a los jóvenes y les pidió que dejaran de ser cobardes, que no le dieran sus mejores productos a ninguno que viniera a quitárselos, que eso ya era historia y eran dueños de sus destinos, que los derechos del hombre habían llegado para quedarse, pero, a pesar de que ella era muy ilustrada, nunca entendió como él sabía tanto de su entorno sin haber leído un libro.

La mujer de la derecha, la más joven, solo camina en silencio, oyendo hablar de este hombre recién fallecido. Mil palabras, mil historias, mil detalles se le pasan por la mente, pero se las guarda, no las quiere desgastar, las quiere atesorar para los que nunca lo conocieron, y contar todas esas historias a aquel que iba a heredar el nombre del hombre de la cruz y que viene en camino luchando por su vida.

EL VUELO

El encargo:
Un recuerdo de tu padre.

Íbamos caminando juntos en la plataforma del aeropuerto El Dorado el día que me apasioné por los aviones. Yo debía tener alrededor de siete años y para mi todo era gigante en ese lugar. Todo el día manejamos de arriba abajo en ese camión que era como un cubo con ruedas, con la luz amarilla en el techo para ser visto por todos. Mi padre se dedicaba a arreglar estos aparatos mágicos y yo lo seguía por todas partes, esas buenas épocas cuando la guerra contra las drogas apenas empezaba y los aeropuertos eran lugares de reunión donde se iban a ver estos aparatos dejar la tierra, donde la llegada de estas bestias voladoras eran acontecimientos, como cuando aterrizó un Antonov, un gigante ruso que parecía colgado en el aire cuando estaba en el horizonte.

Un estallido me saca de mis recuerdos, es una simple contra explosión que pasa en estos motores viejos, el avión se siente más pesado y perezoso, los controles no obedecen como yo estoy acostumbrado y lucho para mantener las alas niveladas y la altitud como me enseñaron. Mis recuerdos me ayudan a no alarmarme.

La misión era sencilla; ir a un aeropuerto regional con otros tres pilotos, volar estos tres clásicos de la segunda guerra del punto A al punto B donde permanecerían para siempre en un museo, era algo rutinario. Yo quería volar el P-51 Mustang, aquel clásico monomotor de cabina cerrada que parecía una burbuja, con su enorme motor de doce cilindros y mil setecientos caballos, ese avión que tanto luchó en el pacífico contra los japoneses y sus Mitsubishi. Yo quería el Mustang por tres motivos: por su grandeza histórica, porque era mucho más rápido y porque esa foto iba a ser mucho más atractiva, pero no me tocó el Mustang.

La pista ya se ve a lo lejos, sintonizo la frecuencia de la torre para pedir indicaciones, pero a esta velocidad es muy pronto para empezar a configurar el avión para el aterrizaje. El día está bueno para volar, un poco caliente y eso causa alguna turbulencia, pero nada que no se pueda controlar. Estoy justo a tiempo para aterrizar antes del anochecer, en este avión no puedo volar de noche.

El segundo avión era el Bristol Type 156 Beaufighter o el "Beau", un avión bimotor del Reino Unido muy versátil, un cazabombardero, como podía atacar objetivos en el aire lo podía hacer con objetivos en tierra. Aquel avión mediano de aspecto inofensivo fue el encargado de los bombardeos nocturnos de la RAF (Royal Air Force) a los objetivos alemanes en Paris. Para este momento el "Beau" y el Mustang ya deben estar en tierra, tampoco me tocó el "Beau".

Llamo a la torre de control y me pide mantener mi posición mientras deja despegar y aterrizar aviones con mayor prioridad que el mío, yo ya he estado ahí, pero del otro lado, empujando a los aviones más lentos y pequeños porque vengo yo con mis turbinas y mis pasajeros quemando toneladas de combustible lo que se traduce en mucho dinero. Confirmo la espera, pero les recuerdo que mi aparato y yo debíamos estar en tierra antes de la puesta del sol. La puesta del sol esta como nunca, los amarillos y los naranjas se ven hermosos detrás de la pista a lo lejos en el horizonte, el sol ya casi besa la tierra, esta cabina con grandes ventanales y vuelo lento me permite disfrutarlo como cuando estaba aprendiendo a volar.

Junkers JU 52 era el tercer avión, un verdadero clásico alemán. Tres potentes motores radiales de nueve cilindros eran su fuente de propulsión. Antes de la guerra este avión tenía el noble uso de avión de pasajeros, pero el gobierno Nazi tomó control de la fábrica y lo volvió un avión de transporte de tropas, en algunas ocasiones fue el transporte de oficiales Nazis incluyendo a Hitler. Después de ser un avión producido en masa y que voló en muchos lugares del mundo, solo tres quedaban operativos y uno de esos tres lo tenía que llevar yo a su destino final.

Mi cuerpo saborea la cerveza que me espera en el destino, acostumbrado a las velocidades de los jets, este aterrizaje es en cámara lenta. Hago mi último giro a la izquierda para entrar a mi descenso final y alinear el avión con la pista, mi mano derecha está en los aceleradores que son como bolas de billar y bastante incómodos de manipular con una sola mano, quito potencia para bajar la velocidad y el avión reacciona al instante y me toca bajar la nariz del avión para mantener la velocidad adecuada.

De repente me viene a la cabeza ese primer vuelo solo, fue casi a esta misma hora para evitar vientos que no pudiera manejar con mi falta de experiencia.

Después de tres aterrizajes exitosos, mi instructor —un ex coronel de la fuerza aérea muy exigente— me dijo que fuera al hangar, tomó el micrófono del radio y llamó a la torre para notificarles: "Alumno piloto está listo para hacer su primer vuelo solo". Me hizo detener al frente del hangar donde otros alumnos esperaban curiosos mi vuelo, abrió la puerta y sin mediar palabra se alejó dejándome ahí solo en ese pequeño avión. La cosa era sencilla, solo tenía que repetir lo que ya había hecho tres veces con el coronel; ir a la cabecera de la pista, comunicarme con la torre, esperar autorización, despegar, llegar a la altitud para hacer el tráfico, pedir autorización a la torre para aterrizar y traer el avión de vuelta. Exactamente lo que estaba haciendo en este momento con el Junkers.

Hay un nuevo estallido y la velocidad cae de golpe, obligo al avión a bajar la nariz para recuperar velocidad y poder seguir volando mientras recorro los indicadores para entender qué está pasando. Los indicadores muestran que el motor uno no tiene presión de aceite y dejó de funcionar, volteo mi mirada a mi izquierda mientras quito toda la potencia de ese motor y le corto la mezcla para que no le entre más combustible, hay humo saliendo del motor izquierdo. No es problema, aún tengo dos motores, un avión vacío y la pista al frente.

Recuerdo una conversación con mi único amigo de la época de estudiante. A cada uno callado, muy en su interior, le hubiera gustado tener una emergencia, era un pensamiento absolutamente estúpido, y un día, por algún motivo, hablamos de eso. Creo que era ese sentimiento infantil de querer sentirnos como héroes, tener una historia que contar y algo con lo cual presumir de ser un gran piloto, con el tiempo uno aprende que ese deseo es lo último que uno quisiera tener en la vida, pero a veces pasa.

Le exijo un poco más a los dos motores que me quedan para suplir la falta de mi motor izquierdo, la melodía que los tres motores cantaban al unísono pasa a ser un bramido de esfuerzo. Después de unos segundos ocurre lo peor, la presión de aceite del motor dos se cae totalmente, las ventanas de la cabina se cubren de aceite y el humo termina de empeorar la visión. La lucha con los controles se hace más intensa, corto todo suministro de combustible al motor dos, ese motor que estaba justo al frente de la cabina, cuando corto el suministro de combustible el humo baja su intensidad, pero las ventanas impregnadas de aceite impiden la visión parcialmente.

"Mayday, Mayday, Mayday", repito esta palabra tres veces muy despacio y muy alto para que no haya ningún espacio de confusión. La frecuencia que segundos antes estaba llena de voces pisándose una a la otra tratando de buscar espacio para ser atendido, se queda totalmente en silencio, estamos solos la torre y yo. Ellos despejan todo el tráfico y me dan prioridad, ya era hora, ya se me hace de noche, el sol empieza a besar la tierra y mi cerveza se debe estar calentando.

El enemigo acá es la velocidad; si es muy baja el avión entra en pérdida (deja de volar) y se desploma, si es muy alta no llegaría a la pista, tengo que mantener esa velocidad ideal que pinte la hipotenusa perfecta que me lleve a salvo a tierra. La lucha para mantener la velocidad ideal y el avión alineado se hace intensa, los controles son tercos y prefieren mantener la posición contraria a la que yo necesito, y aún bajo estas condiciones la lucha la voy ganando yo.

Los tiempos de grandeza de aquel aparato ya habían pasado hacía tiempo. Pareciera que no quisiera llegar a su destino, que se resistiera a ser juzgado constantemente en aquel zoológico de aviones por haber cargado en su barriga humanos de destrucción masiva. Pareciera que le doliera haber sido parte de la causa de tanto dolor y quisiera acabar su existencia y terminar como basura en cualquier tiradero.

Las dos ruedas de adelante se posan en la pista mientras la pequeña rueda de atrás se mantiene en el aire, el aparato pierde velocidad, no sé si los frenos van a funcionar, cuando los acciono solo la rueda derecha frena y el avión da un giro violento a la derecha y el ala izquierda golpea el suelo volviéndola pedazos, el avión al golpear el ala vuelve a su posición deteniéndose en sus tres ruedas, unos segundos de silencio y viene el ruido de los camiones de rescate y la espuma para evitar un incendio, estoy intacto, pero ahora solo quedan   dos   JU   52.

MUJER DIVINA

El encargo:
Usar la canción "Mujer Divina" de Joe Cuba.

—T menos treinta segundos —suena una voz femenina en mi casco.

Ya los computadores tienen el control de lanzamiento y estoy sentado en la cabina haciendo el recorrido final de los instrumentos buscando anomalías, pero esperando no encontrar ninguna, estoy entrando en el punto de no regreso.

Los lanzamientos ya no son como solían ser, ya no hay multitudes reunidas en los centros espaciales para presenciarlos, se han convertido en una cosa rutinaria, a pesar de los inmensos riesgos los astronautas ya no son héroes.

—Diez, nueve, ocho, siete, seis —la voz femenina empieza la cuenta regresiva y yo trato de relajar mis músculos que no dejan de ponerse como acero por la falta de control del momento— cinco, cuatro, tres, dos, uno...

El ruido invade la cabina, la vibración apenas me permite leer los instrumentos y la fuerza de los motores me deja inmóvil por unos segundos hasta que la aceleración ya no es tan intensa.

—Desacople de los propulsores externos— advierte de nuevo la voz femenina en mi casco, una comunicación tan clara que se siente como si ella estuviera a mi lado— preparando secuencia para la entrada al espacio y activación de propulsores iónicos.

El ruido intenso se empieza a alejar después del desacople y la vibración desaparece. Ya llevo nueve minutos y los primeros cien kilómetros de los cincuenta y cuatro puntos seis millones de kilómetros que voy a recorrer. Cien kilómetros, ese número siempre me ha apasionado, la altitud a la cual se abandona la tierra y se entra al espacio ¿Por qué no es noventa y ocho kilómetros, o ciento cinco? ¿Por qué es exactamente cien kilómetros?

Sigo al detalle la secuencia en mi cabeza, me la sé a la perfección, la he desayunado, almorzado y comido todos los días por los últimos 4 años. Conozco cada centímetro de esta nave, puedo cerrar los ojos y saber exactamente qué está pasando en cada segundo del despegue en cada una de las pantallas que tengo al frente. Pero ninguno de estos detalles técnicos me saca de la cabeza mi verdadero objetivo.

—Pido permiso para orbitar la tierra por unos minutos en modo manual— Le solicito al control de misión.

Es mi primera vez en el espacio y en modo manual

puedo tener una mejor vista de la tierra.

—Stand by —me responde la voz femenina.

—Autorizado comandante de misión —contesta después de dos minutos— esperando su comunicación para iniciar la siguiente etapa.

Es poco el tiempo que tengo para orbitar la tierra, pero quiero admirar su belleza desde acá sin saber si es la última vez que la veré así de cerca, pero eso no es lo que me importa en este momento.

Recuerdo la primera noche que la vi y supe que era para mí, era mi primer día de pasante en el laboratorio de la NASA, yo era estudiante de último año de astrofísica, tenía veintidós años, y estaba haciendo parte del proyecto de la estación espacial que iba a orbitar Marte. Ella era mi jefa, una bióloga de origen africano dos años mayor que yo, esbelta, alta, con una cara perfecta, y extremadamente genial.

Desde mi silla puedo ver a través de la pequeña ventana como va apareciendo la tierra mucho más rápido de lo esperado, apenas si puedo disfrutar la vista y de nuevo la voz me saca de ese momento tan humano de sentirse minúsculo ante la magnificencia de todo lo que me rodea.

—Enganchando el piloto automático para iniciar el segundo tramo del viaje —la voz femenina sentencia que ya es más que suficiente de ser ineficiente— aceleración gradual de los motores de iones hasta alcanzar el cincuenta por ciento de potencia se inicia ahora.

Trabajamos día y noche por dos años consecutivos diseñando los experimentos que se llevarían a cabo en el laboratorio de la órbita marciana, nadie conocía mejor lo que se iba a hacer en ese laboratorio que nosotros. Una de esas noches de trabajo ella se acercó y me dijo que necesitaba cambiar de ambiente y me propuso ir a un bar, era la primera vez que la iba a ver por fuera del laboratorio. Se quitó la bata y estaba en su ropa de siempre; una camiseta blanca ajustada y unos jeans azules, tenía el pelo recogido y sin una gota de maquillaje ya que el trabajo no lo permitía, además ella no lo necesitaba. Salimos del centro espacial y fuimos a un bar de esos de universitarios, la música estaba muy alta, la luz muy baja, y ya había algunos estudiantes borrachos pasándola bien. Ella pidió cerveza para los dos y empezó a hablar de trabajo sin parar, se tenía que acercar mucho para poder comunicarse, yo solo asentía sobre lo que decía porque le oía la mitad y la otra mitad se perdía en mi cabeza pensando si la besaba o no. Ella hablaba sin parar, se reía de sus chistes, y continuaba con su tema como una poseída y yo al fin me incline para cerrar la pequeña brecha que había entre los dos y nos besamos, no paramos por algunos minutos. Cuando al fin nos separamos, y como si no hubiera pasado nada, me dijo que había sido aceptada en el programa espacial y que me había recomendado para un cupo si quisiera aplicar.

Me pidió que la dejara de nuevo en el laboratorio, ya era de madrugada, me dijo que me fuera a descansar y que podía llegar tarde al día siguiente. Al día siguiente ya no estaba trabajando en el laboratorio, jamás otros besos le pedí porque ella siempre está en mí.

Los motores de iones se encienden y la potencia que arrojan es increíble pero no hay ruido ni vibración, la aceleración es gradual para evitar que la fuerza cause algún daño al cuerpo humano.

—Diez por ciento —anuncia la voz.

A pesar de ser gradual la aceleración mi cuerpo se siente pesado y me recuerda el día en que ella despegó ocho meses atrás. Su despegue había sido retrasado varios días por que el tiempo no era el mejor, la polución y el polvo no dejaban de interferir en los equipos, y los cambios de temperatura extremos obligaban a cambiar partes constantemente para prevenir un accidente como el del Challenger que, aunque no lo hubiéramos vivido, era un caso de estudio obligatorio. Finalmente llegó el día, llevaba algún tiempo aislada para evitar que se contagiara de algún virus y fuese necesario cancelar el lanzamiento. La vi desde lejos caminar a la plataforma avanzando decidida en su traje de astronauta. Estaba escribiendo la historia a medida que avanzaba; el primer humano en viajar más allá de la órbita lunar, en orbitar Marte, en instalar un laboratorio de investigación biológica para la conquista del espacio. Cuando su nave por fin despegó y se perdió en el espacio ella se volvió mi mujer divina, dominando los latidos de mi corazón que, a pesar de que todo había salido bien, no paraba de latir con fuerza. En ese momento mis sentimientos chocaron, me sentía feliz, para mí ella era el espacio, el todo, el elemento donde todos viajábamos, pero al tiempo solo la podía tener en mí y yo le pertenecía totalmente a ella.

—Cincuenta por ciento, potencia de crucero alcanzada —la voz femenina de nuevo.

Mi mulata, mi prieta, mi cielo, la mujer que quiero y adoro, esa divina mujer, no me imagino cómo pudo ser su viaje, seis meses en el espacio con esos motores convencionales que eran como estar sentado encima de una bomba de tiempo, no entiendo por qué no esperaron 6 meses para hacer el lanzamiento, seguramente eso era parte del experimento, mantenerla en soledad por todo ese tiempo para prepararla para lo que venía. Seis meses antes de mi despegue irguieron su estatua de mármol negro en la plaza central del centro espacial para que toda la gente pudiera pasar y la pudiera admirar.

Mi viaje apenas tomará unas horas y la mitad de ese tiempo será desacelerando. En este momento soy el ser humano más rápido de la historia y el que envejece más despacio, la relatividad ya no es una teoría.

—Entrando en la tercera etapa, preparando sistemas para la desaceleración —dice la voz informando el nuevo procedimiento— en dos horas estará lista la nave para el acople con el módulo Sagan I.

Yo soy un pasajero en esta nave, la voz controla todo, yo tengo mi destino escrito. La nave es controlada por computadoras cuánticas, todas las probabilidades de ocurrencia de un evento ya han sido calculadas y las correcciones necesarias aplicadas. La voz es solo la confirmación de lo que está pasando para sentir que hago parte de algo en lo que no tengo ningún control, como no tengo control sobre ella, y si ella alguna vez se llega a portar mal, solo me queda dejarla ir, como soltar un escuadrón de palomas para que puedan volar.

—Tres minutos para el acople —la voz ya es más natural, mis signos vitales le indican cómo ajustar su tono— por favor, siga el procedimiento de acople incluyendo el reajuste del traje espacial.

En el visor del casco aparece la lista de todos los

procedimientos que tengo que seguir y es leída por una voz robótica diferente a la que me ha acompañado el resto del viaje, y yo tengo que confirmar cada uno de los comandos con un "Check" en voz alta. La lista se concentra primero en las funciones vitales empezando con el oxígeno, seguido por la presurización del traje, el casco y el visor de la cara, y termina con las extremidades ajustando los anillos de los guantes. Sin este traje mi cuerpo explotaría como una burbuja en el vacío del espacio.

Me siento ansioso, no sé cómo va a ser verla, la quiero abrazar y besar, aunque sé que las relaciones sexuales están prohibidas en el espacio, estar junto a ella va a ser más que suficiente. Volver a trabajar con ella todos los días como hace seis años replicando los procedimientos que creamos juntos va a ser un proceso natural.

—Acoplando —mi compañera de viaje anuncia, mientras oigo los motores eléctricos sellando el túnel y las bombas de aire llenándolo—. Acoplamiento exitoso...

Me quito el arnés que me amarra a la silla, quiero hacer las cosas rápido, mi cabeza viaja a más velocidad que lo que mi cuerpo puede o debe, tengo que seguir las órdenes que dictan las listas de chequeo. Por fin termino el protocolo y estoy al frente de la puerta que me separa de la estación donde está ella.

Espero unos segundos a ver si ella abre la puerta y decido hacerlo yo, no me aguanto. Giro la manija y el silbido de la presión del aire en la nave igualando la presión de la estación se escapa por los bordes y la pesada puerta se termina de abrir.

Por fin la veo, esa es mi mulata sentada en la butaca

terminando de ponerse las botas de su traje espacial, su casco está al lado junto con los guantes, sin mirarme por fin oigo su voz de nuevo.

—Todo está preparado para que empieces a trabajar inmediatamente —me dice con el afán que ella siempre trae— tú y yo diseñamos este laboratorio así que sabes dónde está todo.

—Todo está listo para emprender el viaje de vuelta —le habla una voz masculina, su ayudante artificial.

Yo camino hacia ella aún en mi traje con mi casco puesto, ella pasa por mi lado, me toca el hombro y dice algo que siempre me decía en el laboratorio años atrás.

—Lo que nosotros hacemos nos supera, nuestro sacrificio es el bienestar del futuro.

La veo caminar como siempre caminaba ella, como bailando, desde donde yo estoy hasta el umbral de la nave, cierra la puerta, desacopla la nave y se va. Y yo dejo escapar a un escuadrón de palomas para que puedan   volar.

CB

El encargo:
La despedida a un gran amigo.

Fue justo antes de irnos a dormir cuando él se acostó a mi lado, puso su cabeza al frente de la mía y sus lágrimas empezaron a caer, yo solo lo miré sin moverme, yo sabía que él estaba agotado, tantas noches en vela, tantos días tratando de alimentar algo que ya no tenía caso, y sé que fue ese el momento en que tomó la decisión.

Esa noche apenas si dormimos, cada uno en su esquina, queriendo abrazarnos, mirándonos de cuando en cuando sin dejar que nuestras miradas se cruzaran, no nos queríamos derrumbar.

La mañana llegó, él se levantó decidido yendo directo a la ducha, mientras el agotamiento me invadía, sin pensarlo me acosté en su espacio vacío para disfrutar su calor una última vez y así me encontró con los ojos cerrados durmiendo profundamente, a lo lejos oí cómo organizaba mi partida en una llamada.

Nos encontramos en el sofá a esperar el momento de salir, por fin me abrazó, lloramos juntos sin decir mucho, nos tomamos la última selfie sin poder mirar a la cámara ni mirarnos el uno al otro y la puerta sonó, era ella.

Él tomó mis cosas, y me dijo "Vamos" como siempre, la palabra mágica que implicaba aventura, ver cosas nuevas, caminar y encontrar un parque para echarme en el pasto y descansar mientras él me leía. Y como un ritual emprendimos nuestra última aventura, nos detuvimos, acariciamos el pasto y nos sonreímos el uno al otro mientras ella nos miraba.

Las once de la mañana, era la hora que no queríamos que llegara, la hora de mi cita. La doctora regresó con dos jeringas, le preguntó si podían empezar el procedimiento y él como un valiente dijo "Sí". Ese día me fui tranquilo, porque hasta el último día caminé en mis cuatro patas y porque allí estaba ella.

SEÑOR MATANZA

El encargo:
Una orden que alguien tiene que cumplir.

El coronel Gerardo Guamán va en la parte de atrás de esa camioneta Nissan blanca, adelante van Álvarez, su secretario personal haciendo de copiloto y Roncancio, su guardaespaldas y chofer, ambos suboficiales y, a pesar de su juventud, viejos zorros.

El coronel mira por la ventana perdido en sus pensamientos mientras la noche lluviosa bogotana paralizaba el tráfico. Acaba de ser nombrado en la subdirección de la Policía Metropolitana, aunque es un gran nombramiento, especialmente para él, prefiere estar en provincia, allá se siente con los suyos.

En Bogotá su nombramiento no es bien visto porque no viene de familia de policías, él viene de abajo, del pueblo.

En la ciudad los días son largos e intensos, empiezan antes de las seis de la mañana y no se sabe a qué hora van a terminar. Entre entrevistas, reuniones y emergencias llega a las nueve de la noche a su casa esperando que no le suene el teléfono y tener que salir de nuevo.

Ese día recibió una llamada del general Rafael Junguito, su jefe, el director de la Policía Metropolitana, eso es lo que lo tiene pensativo. Justo antes de salir de su oficina su secretario lo comunicó con el general Junguito, le molestó que no le hayan dado la opción de elegir si tomar la llamada o no, pero él sabía cómo bajar la cabeza. El general Junguito lo citó para hablar con él fuera de la oficina.

—Mi coronel, ya llegamos —Roncancio lo saca de sus pensamientos—. ¿Mañana a qué hora quiere que pase por usted?

—A las seis en punto —le contesta el coronel Guamán—. No se quede roncando como ayer Roncancio. Lleve a Álvarez a su casa y después vaya a atender a su mujer. Buenas noches —dice cerrando la puerta sin dar la oportunidad de oír las buenas noches de los dos hombres.

El coronel y su familia viven al norte de la ciudad, en las casas asignadas para altos oficiales dentro de un club social de la policía. Allá adentro hay de todo, piscinas, campo de golf, gimnasio, campos de fútbol, un colegio y alcohol. Allá adentro se reúnen todas las mujeres de los oficiales a pavonearse, a humillarse entre sí, a juzgar a los oficiales caídos en desgracia y a ayudar a activar las carreras de sus maridos. Siempre se ha dicho que las verdaderas dueñas del poder estaban allí adentro.

47

—Papi, usted debe pedir la casa que da para el campo de golf, usted es un hombre importante, hágase valer —le dice su esposa Maryori, sin saludarlo—. ¿Qué tal todo un general en esta casa de capitán? no se le olvide de que necesitamos la otra camioneta, yo acá no manejo.

—Maryori, esa casa está ocupada, ya deje eso, aquí estamos bien —le responde el coronel Guamán sin ganas—. Además, ¿usted para qué quiere tener vista al campo de golf si ni lo entiende?

—¡Gerardo! Ya le dije que me llame Mar, ¡acuérdese! ¡Mar! —para Maryori su nombre no es suficientemente exclusivo para una mujer de su posición— ya sabe de que cómo son acá...

—Sin el "de que" —la corrige, nunca ha entendido la maña de ella de poner un "que" donde le da la gana.

—¿Qué? – replica ella sin entender.

Maryori y el coronel Guamán se conocieron veintitrés años antes cuando él apenas era un teniente y llevaba dos años de graduado de la escuela. A él lo enviaron a zona roja a encargarse del cuartel de policía del pueblo, el único en kilómetros, en una zona plagada de paramilitares y guerrilla, él era la única presencia del estado en ese lugar remoto. Lo enviaron allá porque era de los pocos que no habían llegado recomendados a la escuela de la policía, a nadie le iba a hacer falta.

Ella tenía dieciséis años cuando la conoció en un acto de bienvenida a los nuevos policías, a los anteriores los habían matado tres años antes en un atentado, ese pueblo fue tierra de nadie por tres años, la llegada de este hombre era un símbolo de esperanza, ya no iban a tener visitas intempestivas de esos bandos malditos.

Maryori era una niña delgada y tímida que se enamoró del hombre más poderoso del pueblo ese día, el teniente Guamán. Al año ya estaban casados y a los dos años estaban teniendo su primer hijo de los tres que tendrían. Ahora Maryori es otra persona, visita la peluquería al menos una vez por semana, usa uñas postizas, sus curvas han sido ganadas con el sudor de la frente de su esposo y postoperatorios dolorosos. A pesar de la ropa lujosa, del cuerpo armado y de sus extravagancias, nunca ha logrado encajar, cuando da la espalda es la burla de la élite de las esposas.

—Mar —dice burlonamente el coronel Guamán abrazándola— nosotros no necesitamos más de lo que tenemos, acuérdese como era antes, vivíamos felices sin tanta huevonada...

—Vea Gerardo, no sé dónde estaría usted en este momento si no me hubiera encontrado a mí —le replica Maryori alejándolo— usted tiene de que tener aspiraciones pa' que las cosas le lleguen...

—Hoy me reuní con Junguito ... —le interrumpe el coronel Guamán con cara de preocupación— me pidió algo muy delicado, no sé si...

—Usted papito haga lo que tenga que hacer —ahora interrumpe Maryori— nada que "no sabe", usted debe mostrar de qué está hecho y más ahora que está empezando en el cargo. Además, ¿qué tan complicado puede ser lo que le está pidiendo Junguito? Usted sabe de que lo apoyo, usted eche pa' lante que los dos podemos con todo.

El coronel Guamán se encierra en su despacho a pensar en la reunión con el general Junguito. Todo alrededor de esa reunión fue inusual; se reunieron en una bodega en un barrio pobre, los dispositivos electrónicos fueron dejados en las camionetas y estas se fueron a recorrer las calles aledañas mientras la reunión se desarrollaba. El tono del general Junguito era desafiante, no le estaba pidiendo algo ni ordenándolo, estaba exigiéndolo con riesgo de consecuencias si no se hacía. Todo debe ocurrir la noche siguiente. "usted lo único que tiene que hacer Guamán es despejar el área por cinco horas controlando el perímetro, es todo" el coronel Guamán repite las palabras del general Junguito en su cabeza, suena simple pero lo siguiente es lo que no le parece tan simple, "y durante ese tiempo los 'muchachos' van a dejar la ciudad reluciente". Espera a que Maryori duerma para salir de su despacho y poder acostarse sin tener que oír ninguna de sus demandas absurdas.

A las cinco de la mañana el coronel Guamán ya está corriendo alrededor del club para mantenerse en forma, a él le toca ser perfecto. Mientras corre oye una voz detrás de él.

—¿Ya está todo listo para esta noche Guamán? —le pregunta el general Junguito corriendo detrás de él y, diez metros más atrás, sus guardaespaldas— espero que haya pensado bien lo que va a hacer…

—Mi general buenos días —le responde el coronel Guamán— todo estará listo, no se preocupe.

—Ya sabe a qué hora es que tiene que despejar el área —le dice el general Junguito—. Los "muchachos" se encargarán de todo, mañana nos vemos en la bodega para que me cuente como le fue.

Después del encuentro vuelve inmediatamente a su casa, su tiempo de paz lo había estropeado por el general Junguito con su no solicitada visita y esa palabreja, los "muchachos". Toma una ducha rápida, se pone su uniforme impecable, le da un beso a su esposa que todavía duerme, hace lo mismo con sus hijos que se están despertando para ir al colegio, Anita, la empleada, es la encargada de despertarlos, alistarlos y darles el desayuno.

—Buenos días, Álvarez, buenos días, Roncancio —saluda el coronel Guamán a sus hombres—. Muy bien Roncancio, veo que hoy no roncó de más.

—Buenos días, mi coronel —responden ambos al unísono.

—Esta noche los necesito a los dos hasta tarde, espero que no sea un problema – les dice el coronel Guamán sin darles muchas opciones.

—Todo ya está listo para esta noche mi coronel, no se preocupe, para eso estamos —le responde Álvarez.

El coronel Guamán siente cómo su sangre hierve, no son todavía las seis de la mañana y todo va al revés. ¿Qué saben estos dos? Sus hombres de confianza no están con él.

—¿Ustedes dos para quién putas trabajan, para Junguito o para mí? —dice el coronel Guamán alzando la voz—. Donde yo me entere que le dan información a alguien de lo que pasa en mi oficina hasta ahí les llega su carrera y olvídense de su pensioncita.

—Mi coronel, yo solo quería... —dice Álvarez mientras es interrumpido por el coronel Guamán.

—Es suficiente, no quiero oír más del tema hasta la noche, ahora necesito que le consiga una camioneta a doña Mar y que me averigüe quien vive en la casa al lado del campo de golf —dice el coronel Guamán cerrando el tema con sus subalternos.

Los dos hombres están lejos de tenerle miedo al

coronel Guamán, se han enfrentado a hombres realmente peligrosos durante su carrera y aún están en servicio, han sido investigados tantas veces que los testigos se han cansado de desaparecer y sus padrinos de salvarlos.

El día transcurre sin muchas novedades; reuniones, gente solicitando audiencias para pedir favores y contratos, llamadas del alcalde pidiendo resultados y correos electrónicos de periodistas pidiendo entrevistas para hacer preguntas impertinentes sobre temas que no manejan.

Llega un poco más temprano a su casa para cambiar su uniforme por uno más cómodo. Solo está Anita, esa mujer que le recuerda tanto a la Maryori humilde, del tiempo cuando eran tan felices con tan poco. Esa mujer que todos maltratan menos el coronel Guamán.

—Coronel, me asustó —le dice Anita espantada— apenas son las seis y sumercé ya en casa ¿se le ofrece algo?

—No Anita muchas gracias, vaya a ver su novela antes de que llegue la tropa a molestarla —le dice el coronel Guamán con una voz suave— vaya tranquila.

El coronel toma una ducha rápida y se pone su uniforme de fatiga, el número cinco, el de las operaciones de campo. Ese uniforme le trae recuerdos de cuando estaba en provincia y le tocaba proteger a los campesinos de la región contra los paramilitares, guerrilleros, militares y hasta de la policía. La población civil siempre era la víctima de los abusos de aquellos que portaban las armas, siempre eran señalados de "Sapos" por todos los grupos y, con esa excusa, el pueblo era acribillado.

Muchos años atrás le tocó la mala fortuna de ser el

primero en llegar a un pueblo después de una toma de un grupo de autodefensas; la música estaba a todo volumen como si allí hubiera habido una fiesta, las fogatas todavía ardían, las mujeres llorando desconsoladas frente a los cuerpos de hombres y niños esparcidos por todos lados, cuerpos desmembrados con machetes y motosierras yacían en la plaza central, botellas de alcohol por todos lados y sangre derramada por nada. La sombra de esos tiempos lo persiguen, siempre han habido zonas grises que las autoridades navegaban, la ética y la moral son moldeables como plastilina, muchas veces se pierde la dimensión de lo que está bien y lo que está mal y para qué lado trabaja, pensó que ir a la ciudad cambiaría eso.

El coronel Guamán se termina de vestir y por último se pone su chaleco antibalas. Mientras se mira al espejo para asegurarse de que está perfectamente arreglado oye la voz de sus hijos y su esposa entrando a la casa, no alcanzó a irse antes de su llegada, por alguna razón no los quería ver a la cara esa noche, como si supiera que los iba a defraudar.

—Papi, ¿qué hace aquí solo? —entra Maryori al cuarto haciendo ese ruido particular con sus tacones— . ¿Tenemos un evento hoy que no me dijo? Papi, usted sabe de qué yo tengo que ir al estilista antes de cualquier evento.

—¿Estilista? ¿Qué le pasó al peluquero? —responde el coronel Guamán sarcásticamente.

—Ay papi usted sabe que así se habla acá —le responde Maryori caminando hacia el closet—. Déjeme buscar que ponerme rapidito…

—Maryori, yo estoy saliendo a patrullar, no se preocupe —le miente el coronel Guamán sin ganas de hablar con ella—. Vuelvo tarde, duerma tranquila y dígale a los pelados que juiciosos.

—¡Pero papi! ¿Cómo así que va a patrullar? Si usted ya es un tipo importante —empieza Maryori con sus reclamos—. Si quiere yo hablo con Junguito, que me lo tiene trabajando...

—El general Junguito va a estar con nosotros — vuelve a mentir el coronel Guamán cansado de la conversación, él sabe exactamente para dónde va—. Ya me deben estar esperando.

El coronel Guamán tiene muy claro que todos sus triunfos son compartidos con su esposa, ella lo ha acompañado a todos los lugares donde ha sido trasladado ocupándose de todo; los niños, la casa y el miedo. El miedo nunca se le vio en los ojos, ni cuando le tocaba encerrarse con sus hijos en el closet mientras la guerrilla intentaba tomarse el pueblo donde su esposo era el comandante, la última línea de defensa de esos niños era esa mujer joven que había vivido más que cualquiera.

—Mar, venga y deme un abrazo más bien — continúa el coronel Guamán dejando el tono áspero atrás— que ya es hora de irme y me va a hacer falta mi Maryori.

Maryori se acerca olvidando sus reclamos, le da un beso y lo abraza fuerte, ella sabe que algo lo preocupa, sabe que el general Junguito lo preocupa.

—¿Usted por qué tiene el chaleco puesto papi? — para Maryori es inusual verlo con el chaleco puesto, ni en las peores situaciones lo usaba—. ¿Qué tiene que hacer hoy?

—Tranquila, solo vamos a patrullar y reconocer la ciudad —el coronel Guamán le vuelve a mentir a su mujer, ya se quiere ir para que ella no sospeche nada— hay muchas cosas que no conocemos y queremos ir a la zona financiera donde hay muchos problemas de indigencia y robos.

Las luces de la ciudad se pierden en el suelo mojado, ya no llueve, pero el frío que rompe los huesos domina el aire, el coronel Guamán mira las rayas intermitentes del camino que lo llevan al edificio desde donde se domina toda el área financiera, pero antes recorre las calles donde no va a tener presencia por algunas horas, quiere ver cómo luce la zona antes de que la policía desaloje el lugar.

Algunos niños de las calles caminan encorvados envueltos en sus mantas grises de la mugre, caminan despacio, pero prevenidos mirando a todas partes escondiendo el pegante entre sus mangas. Van despacio hacia su guarida, el túnel inundado de las alcantarillas los espera, piensan en que ojalá el agua no se haya cargado las pocas pertenencias que guardan bajo la ciudad, esperan encontrar a todos sus compañeros de morada, que el agua, en su imparable corriente, no haya arrastrado a ninguna de esas almas que viven bajo tierra entre lo que la gente desecha. El coronel Guamán observa como un espía los movimientos de estos jóvenes y en silencio pide a Dios que los proteja. Uno de estos jóvenes levanta la cabeza y por unos segundos sus ojos se encuentran, es apenas un niño, no debe tener más de doce años, la edad de su hijo menor, el niño vuelve a bajar la mirada, sube su manga para inhalar pegante y se pierde en la ciudad.

Llegan las once de la noche y ya es hora de abandonar la zona que va a ser ocupada por esos hombres de los que nadie sabe ni quiere saber. El coronel Guamán entra a este lobby de mármol imponente seguido por Álvarez, todo está organizado para que él suba hasta la azotea de este edificio de treinta pisos para ser un simple observador de lo que pasará esa noche. Para mantener el perímetro controlado tiene tres camionetas ubicadas en los otros tres puntos cardinales de esa zona de despeje.

—Vamos a hacer lavandería —dice un hombre desconocido en la frecuencia de la policía, era la señal para despejar el área y mantener la frecuencia en silencio.

El coronel Guamán camina la azotea despacio con el radio en la mano, durante la primera hora no pasa nada, la calma lo pone ansioso, mira su reloj constantemente pero no le dirige la palabra a Álvarez, sigue molesto con la actitud de estos hombres de los cuales no se puede fiar.

Al cabo de una hora empiezan a haber movimientos, cinco camionetas blancas con las placas tapadas transitan la zona, el coronel Guamán toma sus binoculares para ver mejor lo que está pasando, los vehículos se aproximan de frente a su posición y es difícil ver en detalle por las luces que lo encandelillan. Están apenas a unas cuadras de la posición del coronel y hacen un giro para detenerse al frente de una de las alcantarillas de acceso a los túneles, al girar se puede ver claramente el escudo de la policía en las puertas a pesar del esfuerzo por esconderlos y el coronel incrédulo mira por sus binoculares para corroborar lo que no quiere que sea verdad, las luces en el techo son la confirmación de que esos vehículos son de la policía, pero los hombres que se bajan de ellos no.

Hombres vestidos totalmente de negro y

56

encapuchados descargan los galones de gasolina de la parte de atrás de las camionetas, la mayoría se quedan alrededor de la alcantarilla principal, y el resto caminan hacia otras salidas.

Al coronel Guamán le da terror confirmar lo que es evidente, los "Escuadrones de la Muerte" tienen apoyo logístico de la policía, exactamente igual como pasaba en provincia cuando los helicópteros del ejército transportaban tropas de autodefensas para atacar pueblos.

—¡Maldita sea Junguito! —dice el coronel Guamán en voz baja pero lo suficientemente alto para que Álvarez lo oiga—. Álvarez, el despeje se aborta, esas camionetas tienen cinco minutos para cargarlas de nuevo y salir del perímetro o los arrestamos, comuníqueselos —le ordena el coronel Guamán.

Álvarez no mueve un músculo para obedecer, se queda parado con el radio en la mano viendo a los hombres.

—¡Álvarez! ¿No me oyó? – insiste el coronel Guamán—. Llame inmediatamente y cancele todo…

Álvarez levanta el brazo donde sostiene el radio y lo deja caer al vacío, apenas se oye el aparato desbaratarse contra el pavimento mojado.

—Disculpe mi coronel, no puedo hacerlo, el puto radio se me escapó de las manos —le responde Álvarez con su brazo todavía estirado y la mano abierta, mirándolo con la seguridad de que él es invencible, que el coronel Guamán no lo puede tocar.

—Este es coronel Gerardo Guamán, el despeje ha sido cancelado, a todos los que estén todavía en el área en los próximos diez minutos van a ser arrestados, repito, abandonen el área de inmediato —dice el coronel Guamán con una voz serena pero firme, no quiere demostrar su preocupación.

—El despeje sigue, mantengan sus posiciones —se oye una voz en la frecuencia e inmediatamente es bloqueada con un zumbido que impide la comunicación.

Los hombres de negro empiezan a verter galones y galones de gasolina en las alcantarillas invadiendo las calles con ese olor enviciante.

—Álvarez hijo de las mil putas —le dice el coronel Guamán dejándolo solo en la azotea.

El coronel Guamán baja las escaleras que separan la azotea del último piso del edificio para tomar el ascensor que lo lleva al lobby donde está Roncancio y su camioneta. El recorrido del piso treinta al lobby se hace eterno, siente como si al edificio lo hubieran estirado, como si al piso lo hubieran bajado. El ascensor llega al lobby y las puertas se abren, el coronel Guamán sale corriendo para intentar detener el desastre que está a punto de ocurrir y sus botas al entrar en contacto con el mármol se resbalan, pero recobra el equilibrio rápidamente y sigue su camino hasta donde está Roncancio fumándose un cigarrillo justo afuera de ese elegante lobby.

—Roncancio las llaves —le dice el coronel Guamán estirando su mano.

—¿Mi coronel adónde quiere que lo lleve? —le responde Roncancio con parsimonia—. El vehículo es mi responsabilidad mi coronel, yo lo tengo que llevar donde usted me diga…

—No se lo voy a repetir Roncancio, deme las putas llaves —le dice el coronel Guamán en un tono amenazante.

Roncancio pretende buscar las llaves en el bolsillo, el coronel Guamán le da un golpe en la nuca con la mano abierta que hace que las llaves se le escapen de las manos donde las ha tenido siempre, el coronel Guamán se agacha y las toma rápidamente y camina hacia la camioneta mientras cambia el canal de su radio para sintonizar el canal de emergencia.

—A las unidades cubriendo el perímetro del sector financiero este es el coronel Gerardo Guamán —se oye en la frecuencia de emergencia—. Vamos a retomar la zona, detengan cualquier vehículo que trate de salir del área, así sea de la policía.

Nadie contesta, la frecuencia permanece muerta. Mientras tanto los hombres vestidos de negro ya han terminado de derramar todo el líquido inflamable dentro de los túneles, encienden bengalas y las tiran dentro de las alcantarillas, tapan todas las salidas y solo dejan abierta la del túnel principal de donde sale una bocanada de fuego cuando un hombre tira la última bengala dentro del túnel.

El coronel Guamán maneja a toda velocidad dirigiéndose hacia la entrada del túnel principal para encontrarse con estos hombres. Cuando gira, para entrar a la cuadra donde fueron estacionadas las camionetas se ve el fuego saliendo de la alcantarilla y el calor se empieza a sentir en el aire, a medida que se acerca se empiezan a oír los gritos de dolor que vienen de abajo y que son ahogados por el concreto y el asfalto.

Los hombres vestidos de negro están alrededor de la alcantarilla viendo como arde y esperan a cualquiera que trate de huir para ajusticiarlo, el coronel Guamán estaciona su camioneta de costado bloqueando la calle para protegerse de cualquier ataque. Los hombres están a unos veinticinco metros de distancia de su posición y él se baja de la camioneta con su Glock 20 desenfundada a su costado.

Esa Glock 20 que fue el premio que recibió cuando lo condecoraron por recuperar aquel pueblo después de la toma paramilitar, fue un premio amargo que le recordaba que ese día él no hizo nada, que llegó tarde, que algunas vidas pudo haber salvado, pero cuando llegó todo estaba caliente todavía y ya el mal había acabado con todo.

Se agacha por unos segundos detrás de la camioneta para tomar fuerza, cierra los ojos y aprieta las manos donde tiene su arma, está solo. Abre los ojos y se incorpora para enfrentar a aquellos hombres y apenas está de pie una bala golpea su pecho, le saca el aire y lo deja ahí tendido, inmóvil, no puede respirar y ni mucho menos gritar. Oye a lo lejos sirenas de la policía y ambulancias. Está consciente pero no tiene fuerzas para moverse y, apenas a veinticinco metros de él, oye descargas de pistola, disparos selectivos, los gritos de los niños y jóvenes tratando de salir del túnel por ese agujero, pero son silenciados por las balas, de nuevo llega tarde, de nuevo no puede hacer nada para salvarlos, esta vez él fue el culpable.

Cuando por fin se puede levantar del suelo, el dolor físico es reemplazado por el dolor que siente al ver a todos esos niños y jóvenes muertos en el piso ajusticiados, algunos vivos todavía pero medio calcinados. Un humo espeso sale del hueco en el piso, ese humo de olor insoportable que se le impregna en la ropa y lo hace sentir mareado.

Las primeras ambulancias llegan al lugar e intentan

socorrerle, pero el coronel Guamán solo atina a señalar a los cuerpos moribundos que rodean el hoyo. Su Glock 20 yace en el piso y él se agacha a recogerla, la guarda en su funda, se sube a su camioneta y deja el lugar manejando despacio.

Cuando llega a su casa se quita la ropa afuera para no llevarse el olor con él, en el pecho lleva un hematoma que casi lo cubre completamente. En ropa interior y con su Glock 20 en la mano camina a su despacho, se sienta en su silla de cuero, toma la fina pluma que le regaló Maryori y escribe dos cartas, una para sus hijos, y la otra contando todo lo que pasó en el último día incluyendo la reunión con el general Junguito. Cierra los sobres, los marca y los pone al frente del escritorio lejos de donde está sentado, toma su arma y se pone el cañón de su Glock 20 en la boca y ¡bang!

Este fue el titular de los periódicos del día siguiente:

"Policía Corrupto: coronel de la policía se suicida después de ser identificado como líder de un grupo de limpieza social" (Noticia en desarrollo).

LA PROFESORA

El encargo:
Hielo escarchado y mariposas muertas.

Tenía siete años cuando me tocó conocer a uno de los seres más diabólicos de mi vida. Ella era una mujer que decidió hacer mi vida imposible, a diario la encontraba muy temprano en aquel cuarto helado lleno de otros niños de pantalón corto.

No sé si era fea o bonita, para mí era el demonio en persona, su edad siempre fue un misterio, me hice mayor y siempre tuvo la misma edad, seguramente por su contrato con el diablo.

A su favor quiero decir que ella siempre estaba a la moda, ahora que veo fotos de los ochenta la veo a ella. Su cabello estaba acorde con la época, era negro, enorme, parecía que llevara una nube negra alrededor de su cabeza, y cuando el sol golpeaba esa nube aparecía una tormenta eléctrica, rayos y centellas se reflejaban en la capa de laca que se tenía que aplicar para mantener esa nube flotando todo el día, ella debe ser la culpable del agujero en la capa de ozono.

Muy pocas veces la vi con pantalones, siempre tenía una de esas faldas de la época, tan pegada y entubada que no la dejaba dar pasos largos, siempre me llamó la atención cómo las personas podían usar algo que les restringiera su movimiento. Me molestaba ver que vistiera blusas muy parecidas a las que se ponía mi madre, cuando llegaba a casa y mi madre tenía una de esas blusas, de seda con un lazo, me amargaba la tarde y me iba con mis amigos de la cuadra hasta que ya era hora de la cena y mi madre ya se había cambiado de ropa por algo más cómodo.

Nunca se me va a olvidar aquel día cuando ella les dijo a mis padres que yo debería repetir el curso porque mi letra no mejoraba, nunca mejoró, y ellos en su afán de hacer lo mejor por mi le creyeron a la bruja. Yo ahí parado sin poder hacer nada mientras ella les mentía sobre mí, sobre mi comportamiento, sobre mi falta de atención, ¡sobre todo! No pude, me ganó, y mirándome sonrió, pero por dentro estaba hecha de hielo escarchado y mariposas muertas.

Pero como el diablo no gana todas, repetí el año, pero no con ella, por algún motivo a ella la asignaron a un curso menor, seguramente para el demonio era más placentero torturar a niños más jóvenes, cosas del diablo supongo. ¿Que si la volví a ver? Todos los años hasta la graduación, y todos los días cuando tenía un lápiz o un bolígrafo en la mano, pero la tecnología me ha ayudado a olvidar.

ZALÁ

**El encargo:
Usar la imagen de una vieja casa abandonada
en medio de una moderna construcción.**

Desde que murió su madre hace cinco años todos sus días son milimétricamente coreografiados, su muerte provocó que su TOC se hiciera más profundo. Él se despierta a las cinco de la mañana, baja sus pies al suelo siete veces antes de levantarse posando su pie izquierdo primero, camina hasta la pared donde está el interruptor que enciende las luces de su cuarto y lo acciona tres veces antes de dejar la luz encendida, después cuenta los diez pasos que lo separan del baño donde está la ropa que se va a poner perfectamente doblada desde el día anterior; un pantalón blanco de lino, una camisa negra y sus sandalias cafés, su clóset está lleno de camisas negras idénticas y pantalones blancos de lino. La ducha dura exactamente nueve minutos y se demora cuatro en vestirse, para estar de pie encima de su alfombra de oración a las cinco y media en punto. Se para al frente de esta pared donde tiene un altar dedicado a su madre con fotos de sus ojos negros que tanto ama y es, al mismo tiempo, el punto de referencia para mirar hacia la Meca.

Después de la primera guerra del golfo su padre fue asesinado en Bagdad y su madre decidió escapar con él dejando toda su fortuna atrás. Su padre vendía autos de lujo importados de los Estados Unidos, heredó el negocio de la familia que empezó su tío cuando el auge del petróleo llevó tanta riqueza al país en los años sesenta. Pero cuando los Estados Unidos decidieron declararle la guerra a Irak, el régimen de Sadam Hussein lo considero un infiltrado de ese país por sus nexos comerciales, una acusación falsa pero que lo marcó hasta después de la guerra, un viernes unos hombres con gafas oscuras y vestidos de negro lo fueron a buscar a su casa justo después de llegar de la mezquita con su familia, los hombres no se identificaron, simplemente lo asesinaron en la puerta de su casa y se fueron.

Su tiempo al frente de ese altar dura una hora, pero en lugar de repetir versos del Corán se dedica a hablar con su madre. A las seis y treinta de la mañana empieza su rutina de limpieza; se pone sus guantes azules hasta el codo y con un cepillo de dientes y alcohol limpia por dos horas cada centímetro del baño, un baño que no necesita ser limpiado, pero la angustia de que algo esté contaminado lo obliga. A las ocho y media toma su desayuno, ordena con anticipación las porciones preparadas por un restaurante iraquí, hace té caliente y muy despacio se alimenta y disfruta cada bocado de comida que le recuerda su infancia.

Cuando su padre murió su madre dejo de usar el hiyab y empezó a usar una burka, no deseaba que nadie la viera, era un homenaje que le hacía a su marido muerto, guardar su belleza solo para él por el resto de su vida, solo sus hermosos ojos negros se veían. El día que su marido murió, recolectó todas sus joyas y el dinero disponible, el resto de los bienes ella sabía que ya los había perdido, porque el único que los podría reclamar era su hijo cuando cumpliera la mayoría de edad u otro hombre de la familia, pero cuando alguien se presentara a reclamar los bienes podría tener el mismo destino de su marido. Lo enterró al día siguiente y sin decirle nada a nadie tomó el pasaporte de su hijo de siete años y el de ella y emprendió su viaje a Europa. Ella era una mujer culta, educada en Suiza, hablaba inglés, francés y algo de español que aprendió en Marruecos, además tocaba el piano. Su padre siempre se preocupó de darle la mejor educación para que se pudiera defender en cualquier lugar.

Después del desayuno lava los platos, y se dedica por una hora a limpiar meticulosamente la cocina. De nuevo con sus guantes azules, su cepillito y el alcohol quita la "suciedad" acumulada. Nunca supo el momento exacto cuando empezó su obsesión con la limpieza, pero sabe que si no sigue su rutina el pánico lo paraliza, un pánico que nadie en el mundo entiende, o al menos eso cree él.

Al día siguiente del entierro su madre tenía todo listo para escapar de Bagdad, tomó una de las camionetas blancas de la familia, armados con dos pequeñas maletas emprendieron su viaje hacia el norte, hacia la frontera con Turquía. Un viaje de siete horas que ella decidió hacer de noche para esconderse en la oscuridad de los asesinos que trabajaban para el gobierno, pero corriendo el riesgo de encontrarse con otros asesinos, grupos de rebeldes que tenían control sobre la carretera que ellos estaban recorriendo, cualquiera de los dos la matarían por ser mujer y estar manejando. Ella condujo a toda velocidad, sentía que en cada curva iba a encontrar un retén, sentía que alguien la seguía. Unos kilómetros antes de llegar a la frontera una camioneta la empezó a perseguir de lejos con las luces apagadas, cuando ya estuvieron más cerca encendieron unas luces muy fuertes que la pusieron alerta y aceleró más, cien metros antes de llegar a la frontera la camioneta dejó de perseguirla, pero se quedaron vigilándolos, ella se detuvo en seco al frente de dos guardias turcos que apuntaban sus armas en su dirección. Desesperaba les pedía ayuda con su hijo de la mano, los hombres no se movían, hasta que ella sacó un collar de oro puro y se los ofreció, los hombres sin mediar palabra tomaron el collar y la dejaron pasar, así pagó su primera noche en el campo de refugiados.

Su rutina cronometrada continúa con la práctica de piano, las partituras están listas para dar el mismo concierto esperando no equivocarse para no tener que empezar desde la primera nota y arruinar su día. Empieza con Chopin, con esas piezas lentas para calentar sus dedos, esas las toca con los ojos cerrados como acariciando el piano, como si fuera de mantequilla y no quisiera atravesarla. Después toca Vivaldi con alegría, queriendo casi bailar con sus dedos sobre las teclas, la primavera siempre le saca una sonrisa. A continuación, sigue con piezas que lo ponen triste y hasta violento, con las cuales no tiene compasión con las teclas, las golpea casi como queriendo fundir sus dedos con ellas. Y siempre, sin falta, termina con la Marcha Turca de Beethoven, como queriendo hacer un homenaje diario al país que los acogió cuando huían.

Tres años duraron en ese refugio, tres años donde todos los días su madre iba a las oficinas a presentar sus pasaportes para poder acceder al país, eran de los pocos refugiados que contaban con documentos de viaje, eran privilegiados. Al tercer año, con su hijo de diez, un golpe de suerte los acompañó, la misión de los miembros de las oficinas terminó, una nueva misión llegaba a aprender todo lo que los otros les había costado un tiempo. Como todos los días su madre y él entraron en la oficina y estaba esta joven mujer norteamericana sola, su madre presentó sus dos pasaportes y la mujer, sin preguntar nada, les expidió las cartas necesarias para salir de allí y por fin entrar en Turquía. La madre le preguntó a la mujer de donde era, y ella le contestó "de San Diego".

El concierto termina a las doce y cuarenta si no hay errores, muy delicadamente limpia ese piano vertical con un paño muy fino para evitar cualquier desgaste de la superficie. A diferencia de cómo limpia el resto de la casa, con el piano lo hace con suavidad, con cariño, casi como acariciando la espalda de una amante. Una a una desempolva las teclas recordando como ese piano fue lo primero que compró su madre cuando llegaron a San Diego.

Después de salir del campo de refugiados, su madre decidió que su siguiente destino era Estambul.

Tomaron un autobús que atravesó más de la mitad del país, veinte horas en un autobús es una eternidad para un niño de diez años. Durante el recorrido su madre decidió darle un descanso y apenas se bajaron del autobús, tomaron un taxi y como pudo le pidió al conductor que los llevara al mejor hotel de la ciudad, el conductor los llevó al "Four Seasons", un hotel al borde del Bósforo. La madre entró con su hijo de la mano, de su burka sacó dinero suficiente para tres noches de estadía en una suite, no llevaban maletas ni nada, solo lo que tenían puesto, sin muchas preguntas en muy poco tiempo estaban tomando una ducha caliente como hacía tiempo no lo hacían. Desde su balcón se podía ver el Bósforo y, al otro lado del agua, Asia. Ella todavía no se había enterado de que ya había llegado a Europa.

A la una y veinte de la tarde ya se para de nuevo en la alfombra de oración, y habla con su madre por veinte minutos, después hace la lista de las cosas que necesita, un inventario diario para la persona que todos los días pasa a las cinco en punto a entregar lo encargado y a buscar la nueva lista. Él desocupa todos los gabinetes de la cocina, cuenta todo lo que hay y anota lo que falta, y sigue el mismo procedimiento con las cosas del baño. Cuando el hombre llega a dejar las cosas ya encuentra la lista en la puerta, él ya sabe exactamente lo que tiene que hacer; deja las bolsas en el suelo, toca dos veces la puerta y se lleva la lista nueva para hacer lo mismo al día siguiente. Si la lista no está en su lugar, él ya sabe que le va a tocar esperar porque algo no le ha cuadrado a su cliente, le toca esperar a que todo sea montado en su lugar correspondiente, ser bajado e inventariado en detalle.

69

Después de las pequeñas vacaciones de tres días la madre consiguió un pequeño estudio para los dos, era un lugar bonito, cerca del ruido de la ciudad así no tenían que usar el metro por distancias muy largas. Esa temporada de relativa paz él la amó; todo era nuevo, los extranjeros hablando diferentes idiomas lo atraían, los heladeros halando a los turistas tratando de ser cada uno más divertido que el otro, los perros callejeros transitando como humanos las calles y los gatos dentro de los locales ocupando su espacio como cualquier cliente, pero al mismo tiempo él se aislaba más de la realidad, no tenía contacto constante con otros niños, y cuando lo tenía se sentía fuera de lugar, su habilidad para contar y memorizar lugares, números y palabras aumentaba pero su ansiedad también, sentía que vivía en una caída al vacío eterna. Mientras tanto su madre pensaba en el siguiente movimiento para los dos; además de las joyas y el dinero que pudo sacar en el apuro de escapar, sabía que su esposo tenía un fondo de emergencia en una cuenta en Suiza de la cual ella tenía el número.

A las cinco de la tarde vuelve a posar sus pies en la alfombra de oración, pero esta vez no la usa para hablar con su madre, la usa como una alfombra mágica que lo lleva a lugares, olores y visiones. Recuerda momentos especiales de su vida, como cuando viviendo en el campo de refugiados los perros empezaban a ladrar con desespero cuando alguno trataba de escapar para entrar al país y era perseguido por los guardias y sus perros feroces que cuando lo atrapaban lo herían sin compasión, en esos momentos su madre le agarraba la mano y le contaba de esa heroína que con cuentos salvó la vida de su padre y la de otras mujeres. La madre combinaba las historias de Scheherazade con las propias y otras que había oído, y justo cuando estaba llegando al culmen de la historia paraba de repente y, así como Scheherazade, prometía que la noche siguiente continuaría, y él, como otros jóvenes que oían en la sombra las historias, suspiraba en forma de protesta, pero se iba a dormir con estas imágenes fantásticas del Irak de antaño cuando era una potencia en ciencias y matemáticas.

Después de cuatro años de vivir en Estambul donde el niño ya se sentía en casa, la madre sabía que se tenían que ir, estaban muy cerca del peligro, aunque siempre ocultaba su cara, una mujer sola con un adolescente de catorce años llamaba la atención, necesitaba moverse a un lugar que no estuviera a tan pocas horas de distancia de donde nació. Después de muchas llamadas a su banco en Suiza, envíos de correo certificado de copias de su pasaporte y cartas solicitando los fondos, logró que el banco la reconociera como dueña de la cuenta no sin antes decirle que para hacer ese reconocimiento oficial le tocaba pagar ciertas tarifas, el banco suizo se quedó con gran parte de su dinero, pero con lo que le quedaba iba poder vivir con su hijo cómodamente. Ya con los fondos asegurados ahora necesitaba decidir dónde iban a vivir, el sueño de Europa se diluía a medida que la cantidad de refugiados aumentaba a través del tiempo y el odio se hacía más profundo. Les escribió a los viejos socios de su esposo y después de varios intentos estos le enviaron unas sencillas cartas de recomendación para ella y su hijo. Con cartas en mano se fue al lado europeo de la ciudad donde quedaba la embajada de los Estados Unidos a la

71

entrevista ya pactada. El niño y su madre pasaron todos los puntos de seguridad sin ningún problema, fueron llamados al frente de una oficial de migración que nunca los miró, les hizo un par de preguntas y aprobó las visas de turista. La suerte de la madre seguía intacta.

Los días terminan muy tranquilos para él, después de la puesta del sol se para de nuevo sobre su alfombra de oración y por algunos minutos solo descansa. Después cena algo de hummus con pan, aceitunas y shawarma de carne. Lava los platos, pero sin toda esa logística que él mismo se impone en las mañanas. En las noches la ansiedad va desapareciendo y encuentra la paz que sentía cuando su madre estaba. Se baña de nuevo y se pone la misma pijama que él mismo lavó en la mañana. Después, sereno, se para por última vez en el día sobre su alfombra de oración y por fin repite en voz baja los versos del Corán que su madre le había enseñado, por una hora cumple con su quinta cita del día y esta sí es con el que corresponde. Al terminar alista la ropa para el día siguiente y apaga la luz accionando el interruptor una sola vez y se acuesta sin contar los pasos.

Catorce horas de vuelo separan a Estambul de Los Ángeles, las catorce horas que madre e hijo volaron pacientemente para, por fin, pisar otra tierra y empezar una vida nueva, pero al parecer la suerte de la madre se estaba agotando. Su atuendo no era muy popular en ese país y al pasar sus documentos de viaje al oficial de migración otros dos oficiales llegaron para conducirlos a una oficina fría, los dejaron ahí sentados sin darles mucha información, entraba y salía gente, otros viajeros eran entrevistados, llegaban después que ellos

y se iban antes. Cuando les llegó el turno el oficial que
los iba a atender hablaba en voz alta con los otros
oficiales, sus palabras eran denigrantes, siempre con
referencia al mal que perseguía a su pueblo, ella
aguantó en silencio como aguantó la ráfaga de
preguntas que eran repetidas de formas diferentes para
encontrar inconsistencias y siempre dar las mismas
respuestas. Dos horas más tarde y con un escueto
"Bienvenidos a los Estados Unidos" estaban pisando
las calles de Los Ángeles. Su tiempo en Los Ángeles
fue corto, ambos se sentían fuera de lugar y aislados.
El atuendo de la madre, además de incomprendido,
causaba miedo, mientras el niño trataba de encajar sin
éxito, sus manías se hacían visibles y los otros niños
eran implacables y lo veían como un autómata
repitiendo sus pasos constantemente y bloqueándose
sin poder avanzar cuanto la ansiedad llegaba al
extremo. A los pocos meses la madre decidió cambiar
totalmente de ambiente y buscar más estabilidad para
su hijo y emprendieron viaje para San Diego, la ciudad
de la mujer que los dejó salir del campo de refugiados.

Ella hizo de San Diego su refugio, como cuando
huyó de su casa hacia la frontera norte, este lugar era la
salvación para muchos que venían del sur escapando
de la pobreza y la violencia, poniendo toda su
esperanza en un país de inmigrantes. Tijuana al sur con
sus casas apretadas, colores increíbles, los niños
jugando fútbol descalzos en una cancha de tierra y la
plaza de toros que se ve al otro lado del muro que
separa las dos ciudades como un símbolo de quién
había llegado primero a esas tierras. Y San Diego, el
lugar donde ella compró su casa, una casa pequeña
pero acogedora, con un jardín de rosas que la rodeaba

y aquel piano vertical que le compró a una vieja sola
por unos cuantos dólares. La vieja en realidad no lo
estaba vendiendo, le estaba buscando un hogar a ese
viejo instrumento de teclas de marfil que la acompañó
más de la mitad de su vida y donde muchos de sus
alumnos aprendieron a tocar.

Apenas llegaron a la ciudad, y después de instalarse
en su casa, su madre lo inscribió en la escuela. Él, ya
adolescente, empezó a asistir a clase, al principio
parecía que las cosas iban bien, madrugaba y en las
tardes llegaba a hacer sus deberes, pero se guardaba lo
que realmente le estaba sucediendo para no causarle
dolor a su madre. Aunque trataba por todos los
medios de actuar como si nada pasara, su TOC se fue
haciendo más fuerte, en la mañana se demoraba en
alistarse, empezó a caminar sus pasos una y otra vez
hasta no quedar conforme con lo que hacía, le
preguntaba muchas veces los mismo a su madre y ella
no entendía la razón por la cual su hijo empeoraba. Un
día, sin que él se percatara, lo siguió a la escuela, al
llegar a la entrada él se detuvo y se quedó inmóvil
como si hubiera un muro deteniéndolo, después de
unos minutos dio dos pasos atrás y dos adelante, y de
nuevo se detuvo, pero lo peor aún no llegaba, un
grupo de jóvenes lo rodeó y sin compasión lo
empezaron a empujar de lado a lado mientras él trataba
de volver a su posición para seguir con su ritual. Su
esfuerzo estaba enfocado en superar esa barrera
invisible que lo bloqueaba mentalmente, cuando sonó
la campana que anunciaba la entrada a clase, los
abusadores siguieron su camino y él se quedó ahí solo.
La madre por fin se acercó, sin decir ni una sola
palabra lo tomó de la mano y caminaron juntos hasta

su casa, nunca más volvió a la escuela y ella nunca le preguntó qué más sucedía durante sus días.

Ya lleva cinco años sin su madre, apenas tres años después de haber comprado su casa, sus hermosos ojos se empezaron a volver amarillos, al poco tiempo los dolores de espalda empezaron y se iban haciendo más fuertes y perdía peso. Cuando el médico le dio un diagnóstico ya era demasiado tarde, el cáncer de páncreas ya estaba listo para llevársela y en menos de cinco meses hizo su trabajo. Antes de irse, la madre dejó encargado a un abogado de todo para que no le hiciera falta nada a su hijo, de esa oficina salían todos los pagos para que ese hombre de casi dieciocho pudiera sobrevivir en un mundo que no conocía. Además, le llevaban su caso de asilo para poder vivir tranquilo en ese país.

Sus días pasan así, todos iguales, con algunos tropiezos cuando su ansiedad aumenta y lo llevan a ser más estricto con sus rutinas y repetir una y otra vez sus pasos para asegurarse de que todo esté perfectamente en su cabeza. Un día empiezan a llegar cartas dirigidas a su madre, cartas que se empiezan a acumular al lado de la puerta, cartas que se quedan sin leer. Cada vez que llega una de estas cartas, su día se desordena, sus rutinas se atrasan y su tiempo al piano se hace doloroso recordándola.

Mientras toca el piano, alguien golpea la puerta, él continúa con su concierto hasta acabar con la Marcha Turca, pero el insistente visitante sigue ahí. Es un hombre con vestido formal y un portafolio, está ahí para informarle que su casa está en el medio de un proyecto de construcción para el desarrollo de la ciudad y que trae una oferta de los desarrolladores para comprarle su casa a muy buen precio. Él simplemente cierra la puerta sin dar respuesta.

Al día siguiente la casa pequeña está rodeada de maquinaria pesada, desde las ocho de la mañana el ruido es insoportable, la estrategia de la constructora es clara, sacarlo de cualquier forma. Él se siente furioso, de mal humor toda la mañana, esa casa es su templo, su castillo, su fortaleza y está siendo atacada por un grupo de desconsiderados millonarios. A la hora de tocar el piano todas las piezas las interpreta con enojo, golpea el piano como nunca lo había hecho, retumba en la casa y el sonido se propagaba hasta afuera, pero lo toca perfecto, sin fallar una nota, sin perder el tempo, con la fluidez de un maestro y él así lo siente. Y llega a la pieza final, cuando las primeras notas empiezan a salir del piano el ruido de los trabajadores, en su mayoría mexicanos, se detiene, la pieza es escuchada nota por nota, y su rabia se convierte en serenidad. Apenas termina de tocar la última nota su público lo ovaciona, al fin encuentra, a sus veintitrés años, lo que quiere hacer el resto de su vida, lo que no entiende es el vínculo tan fuerte que acaba de crear entre él y esos trabajadores gracias a la Marcha Turca.

EL CHEVY VERDE

El encargo:
Usar una foto familiar.

Con el tiempo uno empieza a confundir los recuerdos, se van traslapando entre cosas que a uno le contaron con las que realmente vivió, las historias van mutando entre más veces las cuentes, tus amigos le añaden detalles que conscientemente sabes que no son ciertos pero que las hacen más divertidas y hermosas, o a lo mejor más grotescas, y al final terminas tú mismo contando esa historia llena de detalles que tú sabes que no son ciertos.

Pero esta historia no es una de esas, esta me la había guardado por años sin contársela a nadie, sin permitir que se contaminara con opiniones ajenas, creo que inconscientemente la quería proteger de ese ambiente hostil de las opiniones, o, a lo mejor, tenía miedo de que no fuera verdad.

Después de décadas de guardar estos recuerdos una noche hablando con mi hermano, le conté lo que recordaba. Mi hermano Jaime es dos años mayor que yo, para entonces él casi me doblaba la edad, me llevaba toda una vida. Entre vasos de cerveza dejé escapar mi historia, y él oyó en silencio, como transportado a aquella tarde. Apenas terminé mi corto relato él me miraba sorprendido, no era la gran cosa, pero mis recuerdos tenían detalles específicos que él recordaba pero que nunca había verbalizado, se preguntaba cómo a mi corta edad yo podía recordar eso.

Nunca sabré si yo simplemente implanté un recuerdo en la cabeza de Jaime, pero él guardó esa historia como propia y me preguntó si recordaba algo más.

Yo debía tener no más de tres años, la tarde estaba soleada, veníamos de la finca de mis abuelos. En el carro estaban mis padres, mi madre me llevaba cargado en el asiento del frente, lo sé, qué irresponsable... buenos tiempos aquellos. Atrás estaban mis hermanos, Juan Carlos, el mayor, Mónica, la segunda, y Jaime. Mi padre manejaba despacio mientras entraba a la cuadra donde quedaba mi primera casa, apenas giró en la esquina los vecinos empezaron a hacer una algarabía, algo pasaba y estaba relacionado con nosotros. A medida que avanzaba el carro mi madre leía los letreros que los vecinos tenían preparados para la ocasión, "Tobi colgó los guayos" decía el letrero que mi madre leyó. Es curioso, pero este no es un recuerdo triste, lo guardo como una fiesta en honor a Tobi, el perro de la familia que murió ese día. Es un recuerdo de unión entre vecinos que nos acompañaban en ese momento doloroso mientras el Chevy verde avanzaba por la cuadra.

¿QUÉ SOÑASTE ANOCHE?

El encargo:
Un Spin-off de Zalá.

"¡Samir!¡Samir!" grita el niño nuevo corriendo detrás de mí, siempre me pregunta lo mismo "¿Qué soñaste anoche?" y yo siempre le cuento lo mismo para deshacerme de él "Burbujas blancas por todas partes y un fondo azul profundo", inmediatamente me dice "Samir, ya es hora, mi madre nos va a contar un cuento". Desde que llegaron al campamento su madre cuenta historias todas las noches, ella siempre tiene su burka puesta y nunca he podido ver sus ojos, pero su voz hipnotiza. Esta noche no estoy para cuentos, pero es lo único que me ayuda a dormir, mi padre no para de decir "Samir, tienes que estar listo, ya eres un hombre y si yo falto tú te tienes que encargar de tu madre y de tu hermanita".

79

Es extraño, pero hasta puedo sentir el agua helada en mi piel a pesar de que el sol brilla, es un sueño intenso, pero el niño nuevo me pregunta todos los días lo mismo, aunque ahora habla menos, se ve diferente, parece que lleva su vida por dentro.

Mi padre lleva meses diciendo lo mismo "Ya los contrabandistas vienen por nosotros", sonríe como el niño nuevo y continúa: "Son amigos de tu tío, son de fiar y nos llevaran a Italia", lleva meses diciendo lo mismo.

Ahora soy yo el que corre detrás del niño nuevo, las historias de su madre me sacan de este caos, hay muchos recién llegados, los refugiados llegan por montones, la guerra se ha puesto más cruel. El niño me dice "Samir, ya me quiero ir" y a mí me gustaría contarle que hay un amigo de mi tío que nos va a llevar a Italia, me gustaría invitarlo a él y a su madre a que vinieran con nosotros a hacer una vida nueva en Europa, pero mi padre no deja de repetir "Samir, nuestro viaje es un secreto, no se lo puedes decir a nadie".

Hace días no veo al niño nuevo, seguro ya se fue o lo llevaron a otro campamento, si lo llevaron de vuelta a Irak su madre ya debe estar muerta, yo no quiero volver a Siria.

"Qué soñaste anoche", me preguntó mi padre. Me pareció extraño porque soñé con el niño nuevo preguntándome lo mismo. Mi padre insistió: "¡Samir! ¿Qué soñaste anoche?", yo le mentí, le dije que había soñado con burbujas con un fondo azul profundo y el sol intenso. Le mentí porque no quería hablar del niño nuevo, lo extraño.

El teléfono de mi padre sonó hoy, cuando terminó de hablar me dijo: "Samir, ya es hora, el amigo de tu tío viene por nosotros". Yo no dije ni una palabra, pero él siguió hablando "Ya tienes diez años, cuando estemos en el bote no te despegues de tu hermanita, yo me encargo de tu madre, somos los hombres de la casa y esto es lo que hace un hombre".

Miro a mi padre, pero él no aparta su mirada del bote, creo que tiene miedo, toma los dos chalecos salvavidas y el más pequeño me lo alcanza, mientras él le pone el chaleco a mi madre yo le pongo el chaleco a mi hermanita, le ajusto las correas, pero ella se queja, las desajusto un poco y le doy un beso en la frente remedando a mi padre que acaba de hacer lo mismo con mi madre.

El bote es pequeño, las olas son gigantes y hay mucha gente, son iguales a nosotros, pero tan diferentes. El amigo de mi tío no está, pero dicen que nos mandó cuidar.

Hace frio, mi hermanita tiembla, yo le abrazo duro como dura es la ola que nos golpea y nos empapa, el sol apenas asoma, no es como el sol de Siria que quema, es un sol que apenas se deja ver.

Otra ola nos golpea y otra más y la tercera apaga el ruido, las burbujas cubren mis ojos, pensé que el agua iba a estar más fría. Mantengo agarrada la mano de mi hermanita con fuerza, el cielo azul se ve a través de las burbujas.

"¡Samir!¡Samir!", oigo la voz del niño nuevo gritando "¿Qué soñaste anoche?", su voz me calma y decido contarle todo el sueño. "Soñé con burbujas blancas pequeñitas que nublan mi vista, el cielo azul se ve al fondo mientras las burbujas van desapareciendo poco a poco. El sol se empieza a alejar mientras la oscuridad nos empieza a rodear, una voz en mi cabeza repite sin parar 'Déjala ir, déjala ir', por fin suelto la mano de mi hermanita y ella se aleja hacia el cielo a toda velocidad y yo cierro los ojos para fundirme con la oscuridad".♥

♥ Más de 29 mil niños han muerto en la guerra de Siria, 12 millones de desplazados, la mayoría se encuentran en Turquía. Diariamente mueren dos niños ahogados en el Mediterráneo tratando de alcanzar la libertad, ya van más de 4.000. Más de 79 millones personas son desplazadas por la fuerza en el mundo, más de 30 millones son niños.

ACERCA DEL AUTOR

Byron Ortega es un escritor colombiano que vive en los Estados Unidos desde hace 16 años. Piloto, Economista y emprendedor, fundó en 2018 BY Content Factory junto a Yutzil Martínez, creando formatos para televisión y cine. Cuentos por Encargo (2021) es su primera publicación literaria que nació como un reto, es una compilación de cuentos donde el autor juega con diferentes personajes, coquetea con la ciencia ficción y se aleja de los lugares comunes, dándole un papel protagónico a la mujer y a los problemas sociales.

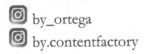 by_ortega

by.contentfactory

www.bycontentfactory.com

Made in the USA
Columbia, SC
20 February 2023

12680934R00057